小学館文庫

脱藩さむらい

切り花

金子成人

小学館

目次

脱藩さむらい　切り花

第一話　暗殺

一

八月十五日の中秋から四日が過ぎた十九日の夜である。

秋の真ん中といわれる十五日、宮中では古くから満月を愛《め》でる歌会や宴《うたげ》が開かれていた。

それが、天保《てんぽう》六年（一八三五）の今では武家や町人にも広まって、今年の十五夜にも、屋根船、猪牙船《ちょきぶね》など様々な月見の船が川面《かわも》にひしめき合い、名月を眺めようという人々が大川《おおかわ》に架かる橋の上や、川端に押しかけたらしい。

その日は、宴席に運ぶ料理の仕込みに追われて、船宿『伊和井《いわい》』の板場で仕事をしている香坂又十郎《こうさかまたじゆうろう》は、朝から夜まで、一日中てんてこ舞いのあり様であった。

生国である石見国浜岡《いわみのくにはまおか》でも名月を愛でる行事はあるが、縁側に薄《すすき》や里芋や団子を供えるだけだった。

江戸の月見の宵が、これほど騒がしいものだとは思いもよらなかった。

神田川《かんだがわ》が大川に注ぎ込む辺りにある船宿『伊和井』には、十五日を過ぎてからも月見の客が多く訪れたが、ひと頃《ころ》よりはだいぶ落ち着いている。

この日遅番だった又十郎は、仕事終わりの五つ（八時頃）が過ぎた頃までいた。

板場の片づけが終わると、同僚の料理人である弥七郎《やしちろう》は先に帰ったが、又十郎は板場の親方、松之助《まつのすけ》と二人だけになるのを待つために残っていた。

「親方、昨日はありがとうございました」

又十郎は土間に立ったまま、板張りに胡坐《あぐら》をかいて酒を飲み始めていた松之助に軽く腰を折った。

「ま、いいさ」

松之助は、無愛想な声で返答すると、湯呑《ゆのみ》の酒を口に運んだ。

又十郎が『伊和井』の板場に雇われたことで、自分は用なしではないかと思い込んだ松之助は拗《す》ねて、この何日か、仮病を使って板場に現れなかった。

又十郎は、二日前の夜、松之助の住まいを訪ねて、十八日は是非とも板場に出てもらいたいと直談判した。

早番だった昨日、どうしても行かなければならない用件があったのだ。

故郷の石見国、浜岡から、密《ひそ》かに江戸入りしていた妻の万寿栄《ますえ》が、先に帰国する国元の祐筆《ゆうひつ》、山中小市郎《やまなかこいちろう》を見送るため、早朝の高輪大木戸《たかなわおおきど》に現れるかも知れないという情報を得ていたのである。

万寿栄の顔を見るためには、板場を休まなければならなかった。

だが、そうなると、弥七郎一人が板場で難儀することは目に見えていた。

それで直談判に及んだのだが、その夜、又十郎は言うだけ言うと、松之助からの返事が来る前に立ち去ってしまった。

『伊和井』の女将《おかみ》の叱責《しっせき》も、暇を出されることも覚悟の上で、昨日の早朝、高輪大木戸近くに潜んだ又十郎は、約半年ぶりに万寿栄の顔を見ることが出来た。

その夕刻、神田八軒町《はちけんちょう》の『源七店《げんしちだな》』に戻った又十郎は、船宿『伊和井』で船頭を務める喜平次《きへいじ》から、松之助が朝から板場に入って腕を振るったことを聞いたのだ。

又十郎は、その礼を口にしたのである。

「一杯、やれよ」

松之助は、土間近くに立つ又十郎の方に向けて、二合徳利《にごうどつくり》をどんと置いた。不愛想だが、怒っているようには見えなかった。

「では、遠慮なく」

又十郎は、板張りの隅の笊《ざる》に重ねて置いてある湯呑を取ると、徳利の酒を注《つ》いだ。

「おれも料理人の端くれだ。お前さんに用がある時は、助《すけ》っ人《と》くらい務めさせてもらうさ」

松之助は、又十郎の方は見もせず、投げやりな口を利いた。

「ありがとうございます」

心底からの礼を口にして、又十郎は湯呑の酒に口をつけた。


川面に丸い月が浮かんでいる。

この刻限の神田川に川船の行き来はなく、水の流れは穏やかだった。

松之助に勧められた酒を湯呑で一杯だけ飲んで、又十郎は『伊和井』の板場を後にして来た。

神田川の北岸を神田八軒町の方に向かっていると、佐久間河岸《さくまがし》の藤堂揚場《とうどうあげば》近く辻番所《つじばんしょ》の表に、見覚えのある人影を見た。

番所の中の番人と何やら言葉を交わしていた人影が、ふっとこちらに顔を向けた。

「遅いじゃありませんか」

そう言ったのは、船頭の喜平次だった。

「松之助親方に酒を一杯勧められてね」

「一杯なら、おれと、もう少し付き合ってもらいたいもんだね」

「それはいいが」

又十郎が誘いに応じると、

「父《と》っつぁん、またな」

喜平次は、番所の中の番人に片手を挙げて、先に立った。

喜平次が向かったのは、辻番所から一町（約百九メートル）ばかり西に行ったところにある和泉橋《いずみばし》近くの、馴染《なじ》みの居酒屋『善《よ》き屋《や》』だった。

又十郎は、入り口の障子戸《しょうじど》を開けた喜平次に続いて『善き屋』に入り込んだ。

あと半刻《はんとき》（約一時間）もすれば、町の木戸が閉まる時分ということもあって、店の中に客は少ない。

「ここでいいね」

喜平次は、又十郎の返事は聞かず、土間の左側にある板張りへと上がった。

板張りには、近くの武家屋敷の家臣と思《おぼ》しき中年の侍が二人と、裾《すそ》の短い着物の下から褌《ふんどし》を覗《のぞ》かせている辻駕籠《つじかご》舁き二人、それに板壁近くで船を漕《こ》いでいる植木屋の半《はん》纏《てん》を着た職人がいたが、又十郎と喜平次は、土間に近い場所で向かい合った。

「誰《だれ》かいねぇか」

喜平次が板場の方に声を投げかけると、

「いらっしゃぁい」

間延びしたような声がして、目尻《めじり》の下がった十八、九の丸顔の女が面倒くさそうな足取りで板張り近くの土間に立った。

「二合徳利で酒を貰《もら》おう。それに漬物だ」

「はい」

「ちょっと待て」

喜平次が、行きかけた女を呼び止めた。

「ここに、もう一人お運びの女が居たはずだが」

喜平次が口にしたのは、お由《よし》のことである。

「さぁ。あたしは会ったことはないけど。なんなら、板場の旦那《だんな》さんに聞いてみようか」

丸顔の女は、間延びした声を出したが、

「いや、いい、いい」

喜平次は片手を打ち振った。そして、

「香坂さん、かれこれもう六、七日、『源七店』でもこの店でも、お由さんの姿を見かけないんですよ」

そう口にして俯《うつむ》くと、ふうと息を吐いた。

このところ、お由の姿が『源七店』にないことは、又十郎も気付いていた。

昼間は針売りをしているお由だが、何日も家を空けるような商売ではない。

「お由さんも女だ。惚《ほ》れたり惚れられたりする相手がいても、不思議ではない」

軽い気持ちでそう言った又十郎に、喜平次は戸惑いの貼《は》りついた顔を向けた。

「いつだったか、いや、確か六月だったが、お由さんが三、四日『源七店』を空けた時など、男と出《い》で湯《ゆ》に出掛けたに違いないと口にしたのは喜平次ではないか」

又十郎は軽口を叩《たた》くような物言いをした。

すると喜平次は、何か言いたそうにしたのだが、なにも言わずに軽く口を尖《とが》らせると、片手で頬《ほお》を撫《な》でた。

いかん――触れてはいけないことを口にしたのかもしれない。

和泉橋から藤堂和泉守《いずみのかみ》家の上屋敷へと延びている道は、しんと静まり返っていた。

又十郎と喜平次は、二合徳利を空けただけで、長居をすることなく居酒屋『善き屋』を出ていた。

町の木戸が閉まる刻限には、木戸番が拍子木《ひょうしぎ》を叩いて四つ（十時頃）を知らせるのだが、まだその音を耳にしていない。

藤堂家上屋敷の角を左へ曲がった先が神田八軒町である。

『源七店』へ通じる小路に差し掛かったところで、夜鳴き蕎麦《そば》の屋台を担いだ友三《ともぞう》が、中通《なかどおり》の方からやって来た。

「早いな」

喜平次が声を掛けると、友三は足を止め、

「今夜はどうも客足が伸びませんで。それに、ちょっと、おていのことも気に掛かるもんだから」

と、苦笑いを浮かべると、二人の先に立って『源七店』の方へと向かった。

おていとは友三の連れ合いだが、以前から病弱で、寝たり起きたりの暮らしを続けている。

「おていさん、具合でも悪いのかな」

「この前、少し熱が出たものの、それはもう治まってはいるんですが」

友三は、又十郎の問いかけに曖昧《あいまい》に返答をしたまま、『源七店』の木戸を潜《くぐ》った。

『源七店』は、三軒長屋が二棟、どぶ板の嵌《はま》った路地を間に向き合っている。

木戸を潜るとすぐ井戸と物干し場と厠《かわや》があり、右側の棟の一番手前が喜平次の家だった。

自分の家の前を通り過ぎた喜平次は、友三の住む隣りの家の前まで付いて行き、屋台を置くのを見届けた。

「友三さん、何かあったら手を貸すから、遠慮なんかしちゃいけねぇよ」

喜平次がそういうと、

「へぇ」

友三は二人に小さく頭を下げて、明かりのない家の中に入って行った。

「それじゃ、また」

喜平次に声を掛けると、又十郎は、左の棟の一番奥にある我が家に足を向けた。

すると、喜平次は又十郎の家の戸口まで付いて来た。

「どうした」

「いや、ちょっと」

小声で返事をした喜平次は、又十郎の向かいに住むお由の家に眼《め》を転じた。

閉め切られた障子戸の中に明かりはない。

それでも喜平次はお由の家の戸口に近づいて、中の様子に耳を傾ける。

「やっぱり、いねぇや」

片方の頬を動かして小さく笑った喜平次は、自分の家へと引き返して行った。

又十郎が家の戸を開けるのと同時に、喜平次の家の戸が、小さな音を立てて閉まった。

日の出前だが、六つ（六時頃）少し前の神田川一帯はすっかり明るくなっていた。

神田川では、空船や荷を積んだ船が忙しく行き交っている。

そんな様子を眺めながら、又十郎は川の北岸を大川の方に向かっていた。

『善き屋』で酒を飲みながら、お由の姿を見かけないという話を喜平次としたのは、昨夜のことである。

この日、船宿『伊和井』の板場の務めが、六つから九つ（正午頃）までの早番で、朝の暗いうちから起き出して朝餉《あさげ》の支度をした。

隣りに住む飛脚の富五郎《とみごろう》の女房、おはまや大家の茂吉《もきち》と、井戸端で米を研いでいるところへ洗面に現れた喜平次は、

「今日は五つに船を出せばいいことになってるから」

と、大欠伸《おおあくび》をしながら、釣瓶《つるべ》を井戸に落とした。

船宿『伊和井』は、神田川に架かる浅草橋《あさくさばし》と柳橋《やなぎばし》の間の、浅草下平右衛門町《しもへいえもんちょう》にある。

『伊和井』の玄関は神田川の北岸にあるが、板場へは、一本裏手の小路から出入りすることになっている。

板場への出入り口のある小路の向かいには、第六天社《だいろくてんしゃ》と藤塚稲荷《ふじづかいなり》の境内《けいだい》が境を接していた。

浅草橋の北詰から浅草寺方面へ通じる往還を横切った又十郎が、第六天社の先を板場の方に曲がりかけた時、

「香坂様」

横合いから男の声が掛かった。

聞き覚えのある声だと感付いたとおり、

「待たせていただきました」

と、藤塚稲荷の境内で丁寧に腰を折ったのは、蠟燭屋《ろうそくや》『東華堂《とうかどう》』の手代、和助《わすけ》だった。

「朝からとは、急な用かな」

境内に入り込んだ又十郎は、低い声で尋ねた。

「昼過ぎの八つ（二時頃）、嶋尾《しまお》様が玉蓮院《ぎょくれんいん》でお待ちするということでございます」

和助は、いつも通り丁寧な物言いをした。

「承知した」

又十郎が返事をすると、和助は一礼して、境内から出て行った。

嶋尾というのは、浜岡藩江戸屋敷の目付《めつけ》、嶋尾久作《きゅうさく》のことである。

目付は、江戸に於《お》ける浜岡藩士は無論のこと、江戸家老はじめ、江戸屋敷の重臣の動向にも目を配り、お家《いえ》の浮沈に関《かか》わる案件を未然にさばく務めを担っている。

その役目柄、家臣の素行などを密かに探り、公金横領などの隠れた犯罪を炙《あぶ》り出したり、お家に仇成《あだな》す謀反人の有無を探ったりする横目《よこめ》を、配下に置いていた。

藩内に乱れを生じさせては公儀に付け込まれ、お家潰《つぶ》しの口実を与える恐れもある。だが、それは表向きのことで、横目を使う嶋尾のもう一つの役目は、藩政に異を唱える家臣の捜索と抹殺だということを、又十郎は身を以《もっ》て知っていた。

蠟燭屋『東華堂』の和助が、嶋尾が目付だということは知っていようが、その裏の仕事まで知っているとは思えない。

江戸に屋敷を持つ大名家は、蠟燭屋にとっては大の得意先である。

浜岡藩のように、上、中、下屋敷を持っている大名家に蠟燭を納めれば、儲《もう》けも大きいし、箔《はく》もつく。

『東華堂』とすれば、得意先のご機嫌取りのために細かな御用を承っているだけのことで、和助にしても、番頭の指示のもと、嶋尾と又十郎の取次ぎをさせられているにすぎまい。

本郷《ほんごう》の台地にある玉蓮院なら、早番を終えてから余裕をもって行ける——そう思案を巡らせたとき、六つを知らせる鐘の音が遠くから届いた。

鐘の鳴る方角からして、日本橋本石町《にほんばしほんこくちょう》の時の鐘に違いないだろう。

又十郎は、小路を突っ切って『伊和井』の板場の戸口へと急いだ。

二

神田明神《かんだみょうじん》門前の坂道は、真上からの日射《ひざ》しを浴びている。

菅笠《すげがさ》を被《かぶ》っているが、路面の照り返しが笠のうちに籠《こも》って、顔が火照る。

又十郎は、湯島の坂を上って本郷へと向かっていた。

『伊和井』の板場の仕事を早番で終える時、又十郎はいつも四半刻《しはんとき》（約三十分）や半刻くらいは居残って、松之助や弥七郎の手伝いをしてから帰ることにしている。

しかし、この日は九つの鐘が鳴ると、

「お先に上がらせてもらいます」

親方の松之助に声を掛けると、納戸に入って着替えを済ませた。

嶋尾の用件がすぐ済むとは限らない。

その時の用心のために、『伊和井』を後にした又十郎は、『伊和井』からほど近い、浅草瓦町《かわらまち》の『井筒《いづつ》』に立ち寄って、昼餉の蕎麦を手繰ってから玉蓮院に足を向けたのである。

江戸に来てからというもの、又十郎は江戸屋敷の目付、嶋尾久作の掌《てのひら》の上で転がされていると言ってよい。

嶋尾の指示や命令は、藩命と思うほかなかった。

藩命を受けて石見国、浜岡を出た又十郎は、江戸に着いたのち、妻の弟、兵藤数馬《ひょうどうかずま》を脱藩者として討ち果たしたのだが、帰国は許されなかった。

それどころか、又十郎自身も脱藩者として扱われるという状況に置かれてしまった。

その三月ばかり後の七月、脱藩の烙印《らくいん》は消されたものの、眼に見えない呪縛《じゅばく》の糸に操られた又十郎は、江戸で嶋尾の指示通りに動くことを強いられていた。

本郷通を北の方へ進むと加賀前田《かがまえだ》家の上屋敷前に至る。その北には、水戸中納言《みとちゅうなごん》家の中屋敷が隣り合わせており、その前が駒込追分《こまごめおいわけ》になっていて、道は二手に分かれる。

左の道は中山道《なかせんどう》で、直進するのは日光御成《にっこうおなり》街道である。

追分を直進した又十郎は、十五間（約二十七メートル）ほど行ったところで、本郷の台地の東側に下る小道へと曲がった。

玉蓮院は、この小道の先にある。

緊急の用があるとき、大概は又十郎が玉蓮院に呼び出される。

小ぶりな山門を潜って、玉蓮院の庫裏《くり》で声を掛けると、見慣れた若い僧が案内に立った。

案内されたのは、嶋尾と会う時にいつも通される離れである。

「しばらくお待ちください」

そう言って、若い僧はすぐに立ち去った。

部屋の三方を囲む障子に、木洩《こも》れ日《び》が射して揺れている。

木立の聳《そび》える庭を見ようかと障子に手を掛けた時、庫裏と離れを繋《つな》ぐ渡り廊下を踏む足音が聞こえた。

又十郎が畳に膝《ひざ》を揃《そろ》えるとすぐ、離れに入って来た嶋尾久作が、床の間を背にして胡坐をかいた。

「急な呼び出しですまなかったな」

嶋尾の口から、伝法な口調が飛び出した。

嶋尾家は、代々、江戸屋敷勤めで、時々江戸者らしい物言いが飛び出す。

又十郎が、「いえ」と返事をすると、嶋尾はふうと大息を吐いて、

「ちと、言っておくことが出来てな」

「は」

又十郎は、小さく頭を下げた。

「その方のご妻女は、国元の祐筆、山中小市郎共々、この江戸においでになったんだ

よ」

そう口にした嶋尾が、又十郎の顔にぴたりと視線を留めた。

思わず口を大きく開きかけた又十郎は、嶋尾を凝視した。

「驚いたか」

「は」

又十郎の声は掠《かす》れていた。

嶋尾が口にしたことは、浜岡藩下屋敷のお蔵方《くらかた》、筧道三郎《かけいみちさぶろう》からすでに聞いていたし、二日前には、国へ戻る小市郎を見送る万寿栄の姿を高輪大木戸で見たばかりだった。

しかし、知っていたなど、口が裂けても言えぬ。

筧をはじめ、藩政に異を唱える江戸の改革派の名は、何があろうと秘さねばならない。

「それは、しかし、いつのことでございますか」

又十郎は、驚きを声音に滲《にじ》ませて尋ねた。

「ご妻女と山中小市郎は、今月の九日に江戸に着いた」

「十日以上も前のことでございますな」

「知らなかったか」

嶋尾は、又十郎の顔色を見据えたまま、ぽつりと問いかけた。

「わたしが、なにゆえ知り得ましょうか。妻とやり取りする文は、嶋尾様の眼を通っているではありませんか」

又十郎は不快さを露《あら》わにして抗弁したが、嶋尾からはなんの反論もない。

嶋尾の眼を通すことになっている文とは別に、又十郎は浜岡の万寿栄とは密かに通じていた。

浜岡の廻船《かいせん》問屋『丸屋《まるや》』の船乗りの貞二《ていじ》宛《あて》に文を送り、同封していた文を、万寿栄や漁師の勘吉《かんきち》に届けてもらっていたことは、嶋尾には知られていないのだと確信出来た。

天井を向いた嶋尾が、小さな吐息を洩らすと同時に腰を上げ、床の間の正面の障子を一枚、引き開けた。

庭に射す日の光が、離れを幾分か明るくした。

「我が妻と会うことは出来ましょうか。いや、是非にも会わせていただきたいと存じます」

体を回した又十郎は、庭を向いている嶋尾の背中に思いを投げかけた。

「今は、ならんな」

「何ゆえでございますか」

又十郎の問いかけに、背中を向けたまま、嶋尾は何も答えない。

「以前、嶋尾様からお聞きしたことによれば、某《それがし》が江戸にいるということを耳になされた国元のご家老、馬淵《まぶち》様からの質疑に、江戸のご家老様方は、香坂又十郎は藩主直々の命によって密かに動いていると返答なされたからこそ、妻と山中小市郎殿は江戸に参ったのではありますまいか。その二人に、わたしを会わせぬというその訳を、是非にもお教え願いとう存じます」

膝を揃えた太腿《ふともも》に手を置いた又十郎は、背筋を伸ばして申し述べた。

嶋尾はその場で膝を折ると、横向きになって胡坐をかいた。

「その方、近ごろ、堂々と正論を吐くではないか。物言いが、やけに強気になりやがった」

「恐れ入ります」

又十郎は、畳に両手を突いた。

「なにも、恐れ入ることはねぇさ」

呟《つぶや》くように言うと、嶋尾は庭の方に顔を向けた。

いつも自信に満ち、少々のことでは表情を変えない嶋尾久作にしては珍しい反応だった。

「ここへきて、どうも落ち着かねぇのよ」

嶋尾はそういうと、小さく、ふふと笑って横顔を見せた。

「浜岡藩の置かれた状況にしても、どうも思わしくねぇ。細かいことは言わねぇが、目に見えない、なんというか、海のうねりのような大きな塊というか、大口を開けた怨霊《おんりよう》や妖怪《ようかい》の口から吐き出された悪気の塊のようなもんが、じわじわとこちらに向かって来るような気配がして、不気味でならねぇ」

口とは裏腹に、嶋尾の声音には、不安を感じさせるものは微塵《みじん》も窺《うかが》えない。

むしろ、又十郎が戸惑っていた。

嶋尾が、己の心境を口にするのが、又十郎には意外であった。

「そういう気分だからよ、その方とご妻女を会わせるのが吉と出るか凶と出るかなどと考えて、つい躊躇《ためら》われるんだ。どうということはないかも知れんが、用心はしねぇとな。堅牢《けんろう》な土手も、蟻《あり》の一穴から水が洩れ出て、遂には崩れるという戒めが、昔からあるからさ」

そういうと、嶋尾は、己の首の後ろを片手でポンポンと叩いた。

又十郎は、黙り込むしかなかった。

神田八軒町の『源七店』は、西日の色に染まっている。

七つ（四時頃）を知らせる時の鐘が日本橋一帯に鳴り響いてから、半刻ほどが過ぎた頃おいである。

又十郎は、戸口の脇《わき》に置いた七輪《しちりん》で火を熾《おこ》そうとしていた。

嶋尾と会った玉蓮院からの帰り、神田旅籠町《はたごちょう》の魚屋で太刀魚《たちうお》の切り身を二切れと鯵《あじ》を二尾買い求めた又十郎は、『源七店』に戻って来るとすぐ、鯵を叩いて葱《ねぎ》や味噌《みそ》と和《あ》え、丼《どんぶり》に移しておいた。

それは、白飯に載せて茶漬けにも出来るし、板切れに載せて火に炙れば、酒のつまみにもって来いの、さんが焼きにもなる。

七輪では、太刀魚の切り身を塩焼きにするのだ。

太刀魚の塩焼きの一切れと鯵の味噌和えは、夜鳴き蕎麦屋の友三が女房のおていと摂《と》る夕餉の膳《ぜん》に分けてやるつもりだった。

先日、熱を出したばかりのおていに食欲があるかどうか分からないが、気分がよくなれば食べてくれるはずだ。

木っ端《こっぱ》に火が点《つ》いたところで消し炭を投じ、二切れの切り身を載せた焼き網を、七輪に置いた。

息を吹き掛けると、消し炭にも火が点く。

もう一度息を吹き掛けようとして、又十郎はふと、息を止めた。

先刻、玉蓮院で会った嶋尾久作のことを思い出した。

江戸に来ている万寿栄と会わせてほしいと申し入れた又十郎に、嶋尾はとうとう、会わせない理由を明らかにしなかった。

不安だの不気味だのと口にして、己の心情をさらけ出したような嶋尾に、又十郎はそれ以上口出しが出来なくなった。

今思えば、又十郎は、おめおめと嶋尾の術中に嵌められたような気がしてならない。

七輪に、もう一度息を吹き掛けた時、木戸から入り込む人影を眼の端で捉《とら》えた。

「船宿『伊和井』に寄ったら、今日は早番だったとかで」

路地から近づいて来たのは、浜岡藩下屋敷の中間《ちゅうげん》、仲七郎《なかしちろう》だった。

「お蔵方の筧様が、近々、会えぬだろうかと申しておられますが」

仲七郎は、七輪の脇で膝を折ると、小声で尋ねた。

「明日の仕事は遅番だから、都合がいいのは、明後日《あさって》の朝だな」

そう返答した又十郎は、明後日の朝の五つに築地《つきじ》の波除稲荷《なみよけいなり》に行くことにすると仲七郎に伝えた。

「分かりました」

小さく頷《うなず》くと、仲七郎は腰を上げた。

「茶でも飲んで行かぬか」

立ち上がった又十郎が声を掛けると、仲七郎は、

「どうか、お構いなく」

と、片手を横に振った。

「わざわざ、このことのために、渋谷《しぶや》から使いに立ったのだろう」

「いえ。香坂様も丈助《じょうすけ》はご存じでしょう。今夜はあいつと遊ぶことになっておりまして」

片手で壺《つぼ》を振る仕草をした仲七郎は、にやりと笑みを浮かべた。

丈助というのは、喜平次が懇意にしている霊岸島《れいがんじま》の船人足である。

「こっちに来るついででしたから、どうかお気遣いなく」

そう言って頭を下げると、仲七郎は足取りも軽やかに木戸の方へと去って行った。


築地南《みなみ》飯田河岸《いいだがし》で釣り糸を垂らしてから、およそ半刻が経《た》っていた。

筧道三郎の使いに立った中間の仲七郎が現れてから二日が過ぎている。

釣竿《つりざお》と魚籠《びく》を手にした又十郎は、日の出前に『源七店』を出て、築地に向かった。

江戸の改革派の一人、筧と会うとなれば、嶋尾の下で動く横目頭《よこめがしら》、伊庭精吾《いばせいご》とその配下の横目たちの眼を用心しなければならない。

又十郎の趣味を承知している横目たちの眼をくらますには、釣りの支度をして、いつもの釣り場である築地に行くに限る。

河岸には、時々顔を合わせる釣り好きの男が三、四人いたが、近くに、横目と思えるような人影はなかった。

あと四半刻もすれば、五つの鐘が鳴る頃おいになって、又十郎は釣り糸を揚げた。

そこそこの重さのある魚籠を手に下げると、又十郎は河岸を後にして、南小田原町《みなみおだわらちょう》の方へゆっくりと歩き出した。

筧と待ち合わせをしている波除稲荷は、南小田原町の南を流れる築地川の岸辺にあり、その境内は、又十郎が懇意にしている五人の孤児《みなしご》が暮らす塒《ねぐら》でもあった。

五人の中で一番年かさの太吉《たきち》は、何度か、筧と又十郎の取次ぎをしたこともあって、落ち合うには波除稲荷が格好の場所だと思えた。

その波除稲荷は、南小田原町一丁目の道が築地川にぶつかる辺りにある。

境内に入る前、魚籠を持った又十郎は、岸辺に設けられた、畳半畳ほどの桟橋に下りた。桟橋の杭《くい》に結わえられた麻縄を引っ張ると、川面に浮かせてある木箱がゆっくりと近づいて来る。

又十郎は、慣れた手つきで箱の蓋《ふた》を開ける。

上部から五寸（約十五センチ）ほど下のところには穴が穿《うが》たれていて、川の水が流れ込む箱の中には、数種の魚が泳いでいた。

獲《と》った魚を生かしたままとっておくための生船《いけふね》である。

箱の長さはおよそ二尺五寸（約七十五センチ）、幅は一尺五寸（約四十五センチ）、深さ一尺三寸（約三十九センチ）ほどの矩形《くけい》になっている。

川とは言っても、波除稲荷前の水は海水の流れ込む汐入《しおいり》だから、海の魚を生船に入れておけば、いつでも好きな時に料理が出来る。

又十郎が言い出して、太吉らと一緒に拵《こしら》えたものであり、釣りに来て釣果《ちょうか》がない時は、生船の魚を持ち帰ることもあった。

魚籠に入った今日の釣果を生船に落とし込むと、又十郎は生船に蓋をして、岸に上がった。

その時、西の方から鐘の音がした。

五つを知らせる、芝《しば》、切通《きりどおし》の時の鐘と思われる。

その鐘の音を聞きながら、又十郎は波除稲荷の境内に足を踏み入れた。

「来たよ」

又十郎を見て声を上げたのは、五人の孤児の中で一番年下の平助《へいすけ》だった。

境内に入ってすぐのところにある手水舎《ちょうずや》で手拭《てぬぐ》いを絞っていた平助は、声を上げるとすぐ、稲荷社のお堂の方に顔を向けた。

「おぉ」

お堂の階《きざはし》に腰を掛けていた筧道三郎が、又十郎に向かって、箸《はし》を握った右手を挙げた。

階の傍《そば》で、七輪に掛けた鍋《なべ》の具合を見ていた太吉も顔を上げて、又十郎に笑いかけた。

「筧さんは、朝餉ですか」

「香坂殿とここで待ち合わせだと言ったところ、この太吉が、腹は減ってないかと聞くではないか。減ってると返答すると、食わせてやるというのでな」

筧の左手には、飯の盛られた茶碗《ちゃわん》があった。

「魚や貝なんかを売りに出掛けた連中の分をわけてやっただけさ」

太吉は、こともなげにそう言い添えた。

「いやぁ、若いというに、太吉は気が利くよ」

いうなり、筧は茶碗の飯を一気に搔《か》き込むと、脇に置いていた椀《わん》を取って、味噌汁を飲み干した。

「いやぁ、馳走《ちそう》に相成った」

筧は、器を重ねると、手を合わせて軽く頭を下げた。

「それで、話はどこで」

又十郎が尋ねると、

「ここでいいじゃないか」

太吉が口を挟んだ。

「魚売りに出掛けている徳次《とくじ》たちが戻って来ると騒がしくなるし、それに、いささか、込み入った話もあるのでな」

又十郎は、太吉に向かって返答したが、最後の方は筧に顔を向けた。

「ならば、本願寺《ほんがんじ》で」

筧はそう口にして、刀を摑《つか》んで階を降りた。

「それじゃ」

魚籠を引っかけた釣竿を肩にして、境内を出かかった又十郎が、ふと足を止めた。

「今朝釣った魚を生船に入れておいたから、みんなで遠慮なく食べていいぞ」

「いつも悪いね」

礼を口にした太吉に、又十郎は片手を挙げて応《こた》えると、筧と共に波除稲荷を後にした。

波除稲荷前の道を築地川に沿って西に一町足らず行ったところに、本願寺橋が架かっている。

その橋の先はもう、広大な本願寺の境内となっている。

筧と並んで歩く又十郎は、本願寺橋を渡り終えた一台の荷車が、小田原河岸を北の方へ向きを変えたのに眼を留めた。

梶棒《かじぼう》を取って荷車を曳《ひ》く男も、押す女も、見知った顔だった。

と、荷車を止めたのは、南小田原町の漁師、三五郎《さんごろう》である。するとすぐ、

「こりゃ」

「波除稲荷からのお帰りですか」

三五郎の女房のお梶《かじ》が、荷車の後ろから声を張り上げた。

「こちらと、本願寺で話をと思ってね」

又十郎がそういうと、三五郎とお梶は箕に軽く会釈をした。

「話なら、うちの隣りの家が空いてるから、そこでもいいじゃありませんか。茶だってなんだって出すのにさ」

お梶はそう言ってくれたのだが、

「ありがたいが、込み入った話もあるんだよ」

又十郎はやんわりと断った。

「わたしらに聞かれちゃまずい話をする気だね」

声をひそめたお梶に、又十郎が、

「うん。押し込みに入る段取りをつけなきゃならんのだ」

小声で答えると、お梶と三五郎は声を上げて笑い飛ばした。

「それじゃ、わたしらは」

梶棒を握った三五郎が、頭を下げて車を曳いた。

「押し込みがうまく行ったら、いつでもお寄んなさいよ」

お梶は車を押しながら、明るい声を張り上げて、小田原河岸を北の方に向かって行った。

三

築地の本願寺は、浅草の本願寺と並ぶ浄土《じょうど》真宗《しんしゅう》の大寺である。

多くの塔頭《たっちゅう》や支院を擁する境内は、いつも大勢の参拝者や行楽の人たちで賑《にぎ》わう。陽気のいいこの時節、江戸には諸国からの見物人が集まり、名の知れた寺院はどこも人であふれると聞く。

又十郎と筧は、本堂の建物を支える礎《そ》石《せき》の縁《へり》に腰掛けて、砂利を踏んで行き交う見物人たちを眺めながら話を始めていた。

見物人たちの足音や話し声が入り交じる場所は、話の内容を聞かれる気遣いもなく、好都合である。

又十郎は、玉蓮院で会った目付の嶋尾久作が、万寿栄と山中小市郎が江戸に入ったと打ち明けた一件を筧に話したばかりである。

知っていたことを隠して、妻に会いたいと申し出たが、嶋尾に拒まれたことも告げていた。

「しかし、目付の嶋尾久作が、今になって何ゆえ、ご妻女の江戸入りを香坂殿に知らせる気になったのかが、分からんな」

軽く唸《うな》った筧は、胸の前で両腕を組んだ。

「それで、筧さんの呼び出しのわけは」

「浜岡藩松平《まつだいら》家の行く末のことですよ」

筧は、幾分声を低めた。

「というと」

又十郎も、思わず小声になった。

「日本海ではこのところ、蝦夷《えぞ》から大坂《おおさか》、長崎《ながさき》、江戸に向かう廻船が頻繁に海上で停《と》められ、公儀による船改めを受けているらしいのだ」

「つまり」

「抜け荷や禁制品の摘発に、公儀が躍起になってるんです」

筧はそう言い切った。

これまで、禁制品を積んだ船が海上で瀬取りをしたり、抜け荷で摘発されたりしたのは、大坂と安芸国《あきのくに》の廻船問屋の二件だが、廻船を使って蝦夷と交易をしている真っ当な船主は、度々船を停められて、航海の日程に支障を来《きた》しているという。

「公儀の船が日本海で待ち受けているということですか」

「そうではありません。抜け荷の摘発に躍起になっている老中の水野《みずの》越前守《えちぜんのかみ》が、佐《さ》渡《ど》奉行や新潟《にいがた》奉行を通じて、日本海沿岸に領国を持つ諸藩に船を出させて取締りを命じているんです」

又十郎の疑義にそう返事をした覚は、さらに続けた。

日本海を通って蝦夷との交易を行っている廻船問屋は、航行する度ごとに船を停められることに異議を唱え、それらの商人を擁する諸国の藩主も黙っていられなくなっているらしい。

若狭国《わかさのくに》小浜藩《おばまはん》、能登国《のとのくに》糸魚川藩《いといがわはん》、出羽国《でわのくに》庄内藩《しょうないはん》、薩摩国《さつまのくに》鹿児島藩《かごしまはん》などは、船改めを推進している老中、水野越前守に対し、抗議の声を向けているとも告げた。

浜岡の廻船問屋『丸屋』をはじめ、『備中屋《びっちゅうや》』『岩田屋《いわたや》』『戸波屋《となみや》』も船改めには困り切っているのだが、浜岡藩は水野越前守に対し抗議すべきかどうかを決めきれずにいるという。

「六人の老中の内、青山下野守《あおやましもつけのかみ》、松平和泉守、大久保《おおくぼ》加賀守《かがのかみ》が水野越前守側について、我が殿、松平周防守《すおうのかみ》様ら三人のご老中との対向があからさまになっています。それで、浜岡藩は及び腰になっているようです。つまり、対向する、水野越前守側に強く訴えの声を上げることで、抜け荷の疑いを向けられては藪蛇《やぶへび》だとの思いに縛られ、黙り込んで様子を見ようとしているという見方をする者がおります」

幕府上層部にまで及ぶ筧の話に、又十郎は固唾《かたず》を飲んで聞き入った。

国元に居ては知り得ないことが、将軍家お膝元の江戸では、一介の藩士の耳にまで届くことがあるのだということに感心してしまった。

「しかし、目付の嶋尾久作が香坂さんに洩らした台詞《せりふ》は、なんとも興をひかれますな」

そう呟くと、筧は空に張り出した松の枝に顔を向けた。

「嶋尾様の、どのような」

又十郎は首を捻《ひね》った。

「嶋尾久作は、『大口を開けた妖怪の口から吐き出された悪気の塊のようなもんが、海がうねるようにじわじわとこちらに向かって来る気配がする』と、そう口にしたのでしょう」

「そのようなことを」

「それは案外、嶋尾の本心かもしれませんよ」

低い声で述べた筧を、又十郎はじっと見つめている。

「江戸の改革派の同志たちは、手づるを駆使して『備中屋』の抜け荷の利が浜岡藩の上層部に流れている確証を得るため、様々な動きをしているのです。ところが、我ら以外にも同じ動きをする探索の一団がいて、鉢合わせをして睨《にら》み合ったり、刃物を向け合ったりしたこともあるらしいのです」

「それはいったい――」

「公儀の隠密や長崎会所の探索方ではないかと思われます」

筧の話に、又十郎は声もない。

しかし、嶋尾久作ほどの洞察力《どうさつりょく》のある目付なら、浜岡藩がそのような状況にあることは、おそらく気付いているはずだ。

嶋尾が又十郎に洩らした悪気というのは、浜岡藩に迫る抜け荷の疑惑や改革派の存在に感じる不気味さを表しているのかもしれない。

それにどう対処すべきかを苦慮している心境が、思わず嶋尾の口から洩れ出たのだろうか。

浜岡藩にも又十郎自身にも何かが切迫しているような気がして、俄《にわか》に軽い胸騒ぎを覚えた。

「筧さん、大谷《おおたに》家老屋敷に居る万寿栄と、やり取りをする手立てはありませんか」

又十郎は、逸《はや》るように身を乗り出した。

高輪大木戸に、山中小市郎を見送りに来た万寿栄を見たが、その近くには屋敷の従臣らしい若侍と、見張りのような女中が付いていた。

そういう者が万寿栄の廻《まわ》りに居るとすれば、手立てはないのかもしれない。

「中屋敷の使い方、入川平右衛門《いりかわへいえもん》なら大谷家老のお屋敷にも入れるし、ご家老とも、常々顔を合わせているはずだが」

筧が、一度思案げに首を傾《かし》げたのち、そう呟いた。

そして、

「以前、小市郎殿と文のやり取りをした時、江戸家老、大谷庄兵衛《しょうべえ》様は、山中家の縁戚《えんせき》でもある、国家老の馬淵平太夫《へいだゆう》様と近しいと聞いたことがありました」

筧はそのことも思い出すと、入川平右衛門に話をして、又十郎の願いを叶《かな》える算段をしてもらうと、はっきりと口にした。


八月は、吉原遊郭《よしわらゆうかく》内で一日から三十日まで行われる即興の寸劇『俄《にわか》』が始まり、十五日ともなると深川祭《ふかがわまつり》や放生会《ほうじょうえ》が重なって、まるで江戸中がうかれたように思えた。

中旬も過ぎ、月末に向かう頃になっても、船宿『伊和井』のある柳橋界隈《かいわい》は依然として気ぜわしい。

本願寺で筧と会った二日後の午後である。

『伊和井』の女将のお勢《せい》によれば、例年、この時節の日本橋界隈の船宿は、書き入れ時だという。

これから秋が深まれば、虫聞きの道灌山《どうかんやま》、花見物には向島百花園《むこうじまひゃつかえん》と、行楽には最適の陽気が続く。

明日の二十五日は、『伊和井』から船を仕立てて亀戸天神《かめいどてんじん》の大祭に行く客もいるから、船頭の喜平次は、休む間もないと嘆いているくらいだ。

忙しいのは、又十郎ら板場の料理人たちも同じだった。

この日の勤めは、本来、八つからの遅番だったのだが、又十郎は自ら進んで、昼前から板場に入り、親方の松之助や先輩料理人である弥七郎の手足を務めた。

昼間の座敷の客へのお膳を出し終えたところで、又十郎ら料理人は簡単な昼餉を摂り、夜の仕込みを始める八つ頃までは休息を取れることになっている。

又十郎が、松之助と弥七郎たちも使った器を洗っていると、

「香坂さんを訪ねて、お武家がお出《い》でになりました」

『伊和井』の若い衆、惣助《そうすけ》が、板場に顔を出して、そう告げた。

「名はなんと」

「聞いたんだが、それには答えず、そこの藤塚稲荷で待つと伝えてもらいたいとだけ」

そう言って、惣助は困った顔をした。

「いや、分かった。すまなかった」

笑顔で礼を言うと、又十郎は急ぎ器を洗い終えた。

親方の松之助と弥七郎は納戸に引っ込んで暫時《ざんじ》横になっているか、煙草《たばこ》を喫《の》みに表に出たのかもしれない。

前掛けを外した又十郎は、板場を出ると小路を突っ切り、藤塚稲荷の境内に足を踏み入れた。

「香坂さんですか」

被った菅笠を軽く持ち上げながら、袴《はかま》姿の侍が、稲荷の祠《ほこら》の陰から現れた。

「左様。香坂又十郎だが」

「浜岡藩中屋敷の使い方、入川平右衛門と申します」

そう言って笠を取った侍は、年のころ二十五、六の若者だった。

「大谷ご家老の屋敷においでのご妻女とやり取りをする手立てをお探しという、その仔細《しさい》は筧様から承っております」

平右衛門の物言いには、誠意が窺えた。

「わたしがご妻女にお会いすることは出来かねますので、香坂様の文をわたしが預かり、大谷様に託すのがよいように思いますが」

「筧さんと話し合った時も、その手しかあるまいと考え、入川殿にいつお眼に掛かってもよいようにと、書いた文は持ち歩いておりました」

又十郎は、懐《ふところ》に手を差し入れ、文を取り出した。

「お預かりします」

平右衛門は、恭《うやうや》しい手つきで文を受け取った。そして、

「ただ、ご妻女の傍には、江戸屋敷お目付配下である横目頭、伊庭精吾の差し向けた女中が、見張りとして貼りついておりますので、大谷ご家老といえども、迂闊《うかつ》には近づくことはなりますまい」

平右衛門の言葉に、浜岡藩内の対立の事実を改めて思い知らされる。

「従いまして、文を手渡すことが出来ても、その返事をいつ頂けるかも分からないことをご承知おきいただきたいと存じます」

「ご丁寧に恐れ入る。委細、承知しております」

又十郎が頭を下げると、会釈をした平右衛門は、笠を被りながら稲荷社の境内から出て行った。

又十郎は、平右衛門の背中に向かってもう一度、深く首《こうべ》を垂れた。


船宿『伊和井』からの帰途、又十郎は月明かりのない神田川に沿って神田八軒町の『源七店』へと歩いている。

使い方の入川平右衛門に、万寿栄宛の文を手渡した日の宵である。

その文が妻に渡るという期待と、叶わないかも知れないという不安が交互に押し寄せて、又十郎の胸はいささか落ち着かない。

板場の仕事が片付いてすぐ、

「おむすびを食べませんか」

と、握り飯を握り終えた女中のお佐江《さえ》に勧められたが、松之助たち料理人は断わった。

仕事に追われて、ろくに夕餉を摂れない女中たちが、片付けを終えた後の握り飯を楽しみにしているのを、板場の者たちはよく分かっている。その楽しみの握り飯を減らしてはならじと、男たちは、笑って遠慮したのだ。

ところが、『源七店』へと曲がる和泉橋の袂《たもと》に近づくにつれて、又十郎は俄に空腹を覚えてしまった。

すぐ近くの居酒屋『善き屋』に入る手もあるが、待つほどのこともなく食べ物を口に入れたい。

瞬時に思案が纏《まと》まると、又十郎は和泉橋の袂を急ぎ通り過ぎた。

七町（約七百六十メートル）ほど行くと、昌平橋《しょうへいばし》の北の袂に、夜鳴き蕎麦屋の屋台が見えた。

屋台に掛けられた小さな行灯《あんどん》の光に照らされた友三の姿が、ぼんやりと浮かんでいる。

「こりゃ」

足音に気付いたらしく、顔を上げた友三が軽く会釈した。

「かけそばを貰いたい」

「へい」

友三が湯桶《ゆおけ》の蓋を開けると、あたりに湯気が流れた。

「だいぶ夜風が冷たくなってきたが、体に障《さわ》りはないかな」

又十郎は、屋台近くに置かれていた床几《しょうぎ》に腰を下ろした。

「あたしはもう、寒さ暑さには馴《な》れっこでして」

友三は笑みを浮かべると、

「香坂様こそ、このところお忙しいことで」

かけそば作りに掛かったまま、又十郎を気遣った。

「気付いていたのか」

「朝早くから出かけることもあって、このところ、『源七店』で腰を落ち着けることがなかったんじゃありませんか」

友三の言う通り、そうかもしれなかったなと思い返し、又十郎は小さく苦笑いを浮かべた。

「朝早くから起きて、屋台を担いで仕事に出掛ける日暮れまで長屋におりますと、住人の心持ちのようなものが、なんとはなしに伝わってくるんですよ」

「それによると、わたしの様子はどうだな」

「時々、息を詰めたようなご様子も窺えますので、お忙しいのかと思ったりしておりますが、お気を付けなさいまし。気ぜわしいことが続くと気持ちの張りが緩んで、思いもよらないことが降りかかったりするそうですから」

「病か」

「病だけじゃなく、そうですなぁ、心の張りが緩んだ隙《すき》を衝《つ》いて、悪霊が取り憑《つ》くこともあると聞きますすんで」

そう口にしながら、友三は湯気の立つ丼を差し出した。

又十郎は、受け取った丼を床几に置いた。

「あらご浪人さん、今夜、あたしが来るのを見越してましたね」

暗がりの向こうから現れた夜鷹《よたか》のおすみが、床几の前に立って、手拭いを頭から取った。

「しばらくだったね。どうしたのか、気になってはいたんだよ」

友三が気遣うような声を掛けると、

「うん。何かいいことないかと思って、仕事の河岸を替えてたんだよ」

そういうと、おすみは小さく口を尖らせた。

その様子から、いいことは見つからなかったようだ。

「ここへ掛けるといい」

床几に置いた丼を取って、又十郎は、おすみが掛けられる場所を空けた。

「わるいね」

礼を口にして床几に掛けるとすぐ、

「おじさん、あのあと、体の具合はどうなのさ。ほら、酔った誰かに屋台を壊されて、痛い目に遭わされたことがあったじゃないか」

「大したことはなかったよ」

友三は、そう答えた。

その出来事は七月の末のことだったが、誰の仕業かを、友三は周りには一切口外していない。

だが、又十郎は、屋台を壊したり友三を痛めつけたりしたのは、友三の娘の亭主、祥《しょう》五郎《ごろう》だとお由から密かに聞かされていた。

「何にするね」

「そうだねぇ、今夜は、ご浪人と同じで、かけそばにしよう」

又十郎の丼を覗き込んだおすみは、そう返事をした。

「だったら、わたしの丼を先に回せばよかったな」

「なんだい、一刻も早くあたしをここから追いやろうという寸法かい」

「違う違う。急ぎ食べさせて、仕事場に戻してやろうと思っただけだ」

又十郎が向きになって言い訳をすると、おすみは「うふふ」と含み笑いをし、

「分かってますよぉ。からかっただけ」

と、又十郎の太腿を、袴の上からつねった。

「かけでいいんだね」

「いいよぉ」

のんびりとした声を上げたおすみが、顔を天に向けた。

「今夜は仕事なんかより、この屋台の脇で温《ぬく》もっていたいもんだねぇ」

おすみは、まるで謡《うた》うような声を黒々とした夜空に投げかけた。

四

翌日の二十五日は遅番だったが、又十郎は六つ半（七時頃）前に『源七店』を後にした。

昨夜、友三の屋台で蕎麦を口に入れてから『源七店』に戻ると、家の中に書置きが

あった。

『明朝六つ半　柳森稲荷《やなぎもりいなり》にて嶋尾様　和助』

書置きを置いたのは、蠟燭屋『東華堂』の手代、和助に違いなかった。

又十郎は今朝、炊き立ての飯と味噌汁を口にすると、取り立てて急ぐこともなく洗い物を済ませた。

嶋尾が待つという柳森稲荷は、『源七店』のある神田八軒町から指呼《しこ》の間《かん》にある。

『源七店』を出て、二町（約二百十八メートル）ほど歩いて、神田川にかかる和泉橋を渡る。

渡った先が、神田川南岸の柳原《やなぎわら》土手で、柳森稲荷は南岸を西へ一町ばかり行ったところにある。

嶋尾久作が、又十郎の住む神田八軒町の近くに足を運ぶというからには、よほど緊急の用事だと思われる。

又十郎は腹を括《くく》って稲荷の境内に足を踏み入れた。

木々に囲まれた境内には、小ぶりなお堂の他に、柳原富士と呼ばれる富士塚もあるが、人の姿はなかった。

微《かす》かに土を踏む音がして、お堂の陰から、三つの人影が現れた。

先頭に立った嶋尾の後ろには、横目頭、伊庭精吾が従い、その脇に、横目の一人である伴六《ばんろく》がいた。

「朝からすまんな」

心の籠らない声を発して、嶋尾はお堂の濡《ぬ》れ縁《えん》に腰を掛けた。

「またしても、近藤次郎左衛門《こんどうじろうざえもん》様から、よんどころのない依頼を受けてな。いや、此度《こたび》は満更、よんどころないとも言えんのだが」

そこまで口にした嶋尾は、ふうと息を継いだ。

近藤次郎左衛門というのは、浜岡藩江戸屋敷の留守居役《るすいやく》のことである。

留守居役は、幕府をはじめ、他の大名家との関係に齟齬《そご》を来さないよう、交渉事を担う重職である。

従って、他の大名家の留守居役とも懇意になる。

留守居役の中でも年長だという近藤次郎左衛門は、懇意になると、ついつい、他家が抱える悩みの相談に応じてしまうらしい。

中には、お家の安泰のために、人ひとりを抹殺したいというような事情を抱えた依頼もあった。

どうしたものかと相談された人の好《よ》い近藤次郎左衛門は、つい、自分が何とかすると安請け合いをしてしまい、そのつけを自分に押し付けて来るので困るのだと、又十郎は以前、嶋尾から聞かされたことがある。

聞かされただけではなく、意に染まない仕事を何件か、又十郎は嶋尾から押し付けられたこともあった。

人の命を奪う仕事だったが、嶋尾に生殺与奪の権を握られていた又十郎に拒む余地はなかった。だが、監視する横目たちの眼を欺《あざむ》いて裏をかき、己の手で命を奪うことは極力避けて来た。

「此度は、浜岡藩江戸屋敷に関わることでな」

嶋尾が、忌々《いまいま》しげな声を洩らした。

「近藤次郎左衛門様は、江戸屋敷内の風紀の乱れが大いに懸念されると申されるのだ。渋谷にある下屋敷では、中間部屋で賭場《とば》を開かせ、儲けの大半を我が物にしている藩士がいるという噂《うわさ》を聞きつけて、元凶を断たねばならないと気炎を上げておいでな」

嶋尾の口から出た話に、又十郎は思わず眼を見張った。

浜岡藩下屋敷での賭場に大きく関わっていたのは中間の仲七郎であり、そのことは、筧道三郎も承知していた。

「下屋敷のこととはいえ、お屋敷の悪名が世間に広まれば当家の恥。お家の存亡にも関わることになる恐れもあると、近藤様はそう仰せなのだよ」

言い終えて、嶋尾は大儀そうにため息を洩らした。

「つまり、わたしに、何をせよと」

又十郎は、落ち着いて尋ねた。

「お、肝心なことを忘れていたな。つまり、筧道三郎という、下屋敷のお蔵方を成敗するのさ」

あまりにもあっさりとした嶋尾の物言いに、又十郎は声もなかった。

「嫌か」

嶋尾は、又十郎が迷っているとでも思ったのか、眉《まゆ》をひそめて問いかけた。

「受ける前に、一度、相手の顔を確かめておきたいのですが」

「伊庭」

嶋尾は、又十郎の申し出を聞くなり、横目頭の名を口にした。

「これから渋谷に行けば、顔を確かめる段取りはつけられるようになっております」

伊庭が、嶋尾に向かって答えると、小さく頭を下げた。

「その方は、どうだ」

嶋尾に尋ねられて、又十郎は、渋谷への往復に掛かる刻限を頭で計った。

急げば、二刻（約四時間）も掛からずに往復出来るだろう。

そうすれば、遅番の八つには、船宿『伊和井』の板場に入れる。

「これから、参りましょう」

又十郎が返事をすると、

「では某と、伴六が案内に立つことにする」

伊庭がそう言うと、斜め後ろに控えて薄笑いを浮かべていた伴六が、又十郎に軽く頭を下げながら、ぬめりとした赤い上唇を、舌でなぞった。

「では、行こう」

伊庭が、先に立って稲荷の外に向かいかけた時、

「嶋尾様にお願いしたいのですが」

足を止めた又十郎が、嶋尾に体を向けた。

「その、筧何某《なにがし》を討ち果たす日にちと場所は、わたしに一任していただきたいのですが、如何《いかが》」

又十郎の申し出を、嶋尾は表情一つ変えず受け止めた。

嶋尾の眼は、又十郎が何を思ってそう口にしたのかを推し量ろうと、じっと見据えている。

又十郎は、動じることなく嶋尾を見返していた。

「よかろう。だが、いつまでもは待てぬ」

嶋尾は、抑揚のない声を発した。

又十郎は一礼すると、伊庭と伴六に続いて稲荷の境内を後にした。

場所と刻限を任せてくれと申し出たのは、時に猶予が欲しかったからである。算と相まみえるまでに間があれば、殺し合いから逃れられる手が見つかるかもしれないという、悪あがきのようなものだった。

麻布広尾町《あざぶひろおちょう》を通り抜け、天現寺《てんげんじ》の西方にある祥雲寺《しょううんじ》に出ると、門前を左に折れた。

その道を二町ほど行けば、渋谷川の畔《ほとり》に至るのだが、先を行く伴六は祥雲寺の角で右に曲がった。

渋谷川と並行している野道を西へ向かえば、中渋谷村にある浜岡藩下屋敷に行ける。この辺りの道に明るかったが、又十郎は伊庭精吾と並んで、道案内の伴六の後ろに続いた。

渋谷川流域の水田には稲穂が延びており、刈り取りを待つばかりという光景が広がっている。点在する畑地では、青物や里芋を掘り起こす多くの百姓たちの姿があった。

又十郎ら一行は、対岸の渋谷広尾町の町並みを左に見ながら、川筋に沿って北の方へと向かった。

中渋谷村の並木前の辺りに歩を進めると、行く手から太鼓や笛の音が聞こえて来る。

渋谷川に架かる金王《こんのう》下橋の袂で伊庭が足を止めると、伴六も立ち止まり、又十郎も倣《なら》った。

「あの大屋根の、金王八幡宮の向こうに浜岡藩下屋敷がある」

伊庭精吾が、田圃《たんぼ》の先の、高木に囲まれている金王八幡宮を指さした。

「さようで」

又十郎は彼方《かなた》に眼を遣《や》った。

縁日なのだろう、笛や太鼓の音は、金王八幡の境内から鳴り響いている。

「刻限よりも早くに着いたな」

独り言のように口にした伊庭が、金王下橋の袂の四つ辻を右へと曲がった。

伊庭が向かった先に、金王八幡の門前町があることを知っているが、又十郎は何も言わず後ろに続くと、その横には伴六が並んだ。

眉毛の濃い伴六の年を、初手は四十前だと見ていたが、髪の毛の生え際がかなり後方に下がった風貌《ふうぼう》から推し量るに、案外、四十を越しているのかもしれない。

料理屋や土産物屋《みやげものや》などが軒を連ねる門前は、縁日に押しかけた人で混み合い、境内からは、太鼓や笛の音に混じって、物売りの声や見世物小屋に誘い込む男たちの口上が響き、もつれるようにして秋の空に染み込んでいく。

伊庭精吾と伴六に続いて境内に入った又十郎は、境内の賑わいから離れた片隅の、小さな社殿の脇の植え込みの陰に案内された。

それから寸刻が経つと、近隣の寺から鐘の音がした。

江戸市中に設けられた時の鐘ではないが、近郷の者に時を知らせて便宜《べんぎ》をはかっているのだろう。

おそらく、四つの鐘である。

「おれんです」

伴六が小声を発すると、本殿近くの賑わいの方から、見覚えのある顔が近づいて来た。

近くの宮益町《みやますちょう》あたりの食べ物屋か楊弓《ようきゅうば》場の女のような装《な》りをしたおれんが、又十郎たちが潜む社殿の陰に、するりと入って来た。

「四つに、あそこの茶店に来て欲しいと言付けをしましたから、ほどなく来ると思います」

そう言いながら、おれんは、社殿から十間（約十八メートル）ほど先にある平屋の茶店を指さした。

茶店の表には床几や縁台が置かれ、老若の客が、茶や団子を口にしている。

「相手には、なんと言って呼び出したのだ」

又十郎が、密やかに問いかけた。

「道玄坂のお蔦《つた》さんに頼まれたと言って、お屋敷の侍に頼んだんですよ」

おれんがそういうと、

「筧という男は、宮益町や道玄坂《どうげんざか》あたりに繰り出しては、馴染みの女の家に入り浸《びた》ったり、悪所にしけこんだりしていることは調べがついている。お蔦というのは、筧が一番馴染んでいる、飲み屋の女だよ」

伊庭精吾は、表情一つ変えず、おれんの後に付け加えた。

筧が女にのめり込んでいるとか、女にちやほやされているとか、又十郎には想像出来かねた。

ふと首を傾げた又十郎の脳裏に、初めて筧道三郎という男を眼にした時の光景が蘇《よみがえ》った。

義弟の数馬が死に際に口にした筧道三郎がどんな男なのかを見ておこうと、中間の仲七郎の口利きで、賭場が立つというある夜、浜岡藩下屋敷に足を運んだ時のことだった。

生憎《あいにく》、その夜の賭場は開かれず、又十郎は仲七郎と共に宮益坂の飲み屋を目指したのだ。

その時、白粉《おしろい》を塗りたくった女二人を両脇に抱え込んで道玄坂を下って来たのが、酔い痴《し》れた筧道三郎だった。

「来ました」

おれんが、小声を発した。

又十郎たち四人は、植え込みの陰からさり気なく茶店の方を窺った。

「あれです」

おれんが視線を送った先に、筧が現れ、茶店の表で立ち止まった。

小太りの腹の下で袴の帯を締めた筧は、下膨れの顔に伸びている無精ひげにも頓着している風には見えない。

「あぁ見えても、一刀流の道場では指折りの使い手だということゆえ、奴《やつ》を斬《き》るには、国元の御前試合で十人抜きをした香坂殿でなければなりますまい」

又十郎の耳元で、伊庭の声がした。

一度、剣を交えたことのある又十郎は、筧の腕前は既に承知している。

辺りを見回していた筧は、首を傾げて茶店の中に入って行った。

が、すぐに表に出て来ると、もう一度辺りを見回したあと、やや憤然と口を尖らせ、大股《おおまた》で茶店の前から去って行った。

「顔は覚えたか」

伊庭の問いかけに、又十郎はゆっくりと頷いた。

船宿『伊和井』が客で混み合ったのは、日暮れ前であった。

座敷で夕餉の膳を摂ってから、芸者や幇間《ほうかん》たちを連れて屋根船に乗り込み、大川で夜遊びをしようという旦那衆や、船で虫聞きの場所まで遡《さかのぼ》ろうという通人たちが出て行くと、六つ半を過ぎた時分には『伊和井』は静まり返ってしまった。

遅番の又十郎は、弥七郎と二人で板場の片づけは終えて、のんびりと包丁研ぎにとりかかっている。

伊庭精吾と伴六に連れて行かれた中渋谷村の金王八幡宮で、筧道三郎の顔を見せられた日から、三日が経っていた。

「ええと、残りのご飯は」

女中のおときとお佐江と共にやって来た女中頭のお蕗《ふき》が、板張りを見回した。

「なんだい」

美味《うま》そうに煙草を喫んでいた親方の松之助が声をかけると、

「戻って来る船頭さんたちに、おむすびでも用意しておこうと思って」

お蕗に成り代わって、おときが声を張り上げた。

「あそこのお櫃《ひつ》だよ」

弥七郎が、土間の調理台を指さした。

「おとき、頼んだよ」

「はぁい」

おときは、奥へ去って行くお蕗に返答すると、土間に下りて調理台のお櫃の蓋を取った。

「楽に三人分は握れるね」

呟いたおときは、

「おむすびはあたしがやるから、お佐江、あんたは、お膳を拭《ふ》いて、棚に仕舞っておくれ」

「はぁい」

お佐江は、水屋の脇の竹笊に重ねてあった布巾《ふきん》を手にして、五段ずつ重ねてある二列のお膳の前に陣取った。

おときが握り飯を握り、お佐江がお膳を幾つか拭き終えたころ、いきなり板場の障子が開いて、喜平次が飛び込んできた。

「おや、喜平次さん、早いお帰りだね」

「それがねぇおときさん、船ん中でよぉ、芸者の取り合いで旦那二人が喧嘩《けんか》になったもんだからもう、収拾がつかねぇのよ。二人の間で芸者も困って、船を降りるなんて言い出したら、旦那二人も降りるなんていうもんだから、他の者まで腹立てちまって、結局、都合八人が御厩《おうまや》河岸《がし》の渡しでお降りになりましたぁ」

一気に話し終えた喜平次は、ふんと笑い飛ばした。

「他の船頭さんはまだだけど、おむすびでもどうです」

おときに勧められると、

「それもいいが、思いのほか早く上がれたからには、その辺で一杯やりながら召し上がりたいもんだね。どうです香坂さん、そろそろ帰りの刻限じゃありませんか」

喜平次は、又十郎に誘いをかけてきた。

「それが、板場が終わったら、行かなきゃならない用があるんだ」

「仕方ねぇ。それじゃ、おれはこのまま消えさせてもらいます」

板場の一同に片手を挙げると、喜平次は板場から出て行った。

「ご浪人、用事があるんなら、先に上がってもいいんだぜ」

松之助が、煙草の葉を新たに煙管《きせる》に詰めながら口にした。

「ありがとう存じますが、片付けもあるので、五つくらいまでは残るつもりですので」

そう返事をすると、又十郎は小さく頭を下げた。

「ここのとこの親方、妙に優しいんじゃありませんか」

指に付いた飯粒を口で取りながら、おときがからかうと、

「なに言ってやがる」

ぶすっとした顔をした松之助は、煙草盆を持ち上げて煙管に火を点けた。

又十郎が、喜平次に用事があると言ったことに嘘《うそ》はなかった。

松之助に五つ過ぎまで居るつもりだと言ったのも、遠慮ではなかった。

「筧がついに動きました」

夕刻、板場の外に呼び出された又十郎は、伊庭の配下の横目、団平《だんぺい》からそう耳打ちされたのだ。

七つ過ぎに中間一人を連れて下屋敷を出た筧を、団平とおれんが付けたのだという。

その二人を芝の増上寺《ぞうじょうじ》辺りまで付けたところで、合流した亥太郎《いたろう》をおれんと組ませて、団平は一報を知らせに又十郎の元に急いだのだと説明した。

そして、団平が去った後、六つ半頃に、又十郎は板場の外の第六天社の境内に呼び出された。

そこに待っていたのはおれんで、

「筧は、汐留橋《しおどめばし》に近い木挽町《こびきちょう》七丁目の枡酒屋《ますざけや》で飲んだ後、中間と別れて、一人、深川まで行って、仲町《なかちょう》やあひる、櫓下《やぐらした》と、ふらふらと岡場所の品定めをしているようです」

又十郎はそう聞かされていた。

「どこの岡場所にしけこんだかは、五つくらいになれば知らせが届くはずですから、ここか、隣りの稲荷社《いなりしゃ》で待っていて下さい」

そう言い置いておれんが去ってから、半刻が経とうとしている。

次の知らせが来たら、又十郎は筧を討ち取りに赴くことになるのだ。

又十郎が、包丁の研ぎ具合を見ようと、刃先に親指の腹を乗せた時、上野《うえの》か浅草からか、五つを知らせる鐘の音が、低く届いた。

五

橋の袂の常夜灯や、町中の飲み屋や食べ物屋の提灯の明かりがいくつか、行く手にぼんやりと見えている。

永代橋《えいたいばし》の上は、手探りで歩くほど暗くはないが、深川の方からやって来る遊び帰りの連中や千鳥足の男たちとすれ違っても、顔付きなどは窺い知れない。

菅笠を被った又十郎は、横目の伴六と並んで、深川に向けて永代橋を渡っていた。

五つの鐘が鳴り終わって暫《しばら》くすると、船宿『伊和井』の板場からは人が居なくなった。

最後まで残っていた又十郎は、着流しの着物の帯に刀を差すと、菅笠を手にして『伊和井』の板場を後にして、小路に出た。

「待っていましたよ」

声がした方を見ると、藤塚稲荷の境内から忍び出た伴六が、又十郎の間近に身を寄

せ、

「筧は、深川新地《しんち》の切見世《きりみせ》に入ったままですから、これから向こうに向かえば、丁度出て来る頃合いじゃねぇかねぇ。泊まりとなれば別だがね」

そう囁《ささや》くと、舌を出して上唇を舐《な》めた。

それからすぐ、又十郎と伴六は霊岸島へ向かい、永代橋を渡って深川を目指していた。

「しかし、筧という下屋敷のお蔵方は、噂通り女遊びが好きなようですなぁ」

長さ百二十間（約二百十六メートル）余という永代橋を渡りながら、伴六が、あざ笑うような物言いをした。

「下屋敷で開く賭場の上がりを中間と山分けして、酒と女に注ぎ込んでるというから阿漕《あこぎ》だぜ。その上、渋谷からわざわざ深川にまで足を延ばすくれぇだから、よほどの女好きに違ぇねぇ」

伴六の最後の方の声音には、半ば感心したような響きがあった。

永代橋を渡り終えると、伴六は突き当たりを右に曲がって、左へと緩く弧を描くような道をひたすら進んだ。

伴六の後ろに続いた又十郎が連れて行かれたのは、武家《ぶけ》方一手橋《かたいってばし》を渡った先の越中島《えっちゅうじま》である。

越中島の南岸が江戸湾に面していることは、喜平次の船に乗せてもらった時から知っていた。

永代寺門前辺りとは違って、新地の薄暗い荒れ地は、平屋の長屋が数棟、向かい合って建っているだけで、ただただ侘《わび》しい。

長屋の端の暗がりから、人影がふたつ現れた。

「筧は、こっちの切見世の四軒目に入ったままだ」

そう囁いた人影は団平で、左手に立つ長屋を顎《あご》で指し示した。

暗がりに慣れた又十郎の眼は、団平と共に現れた男を見て、亥太郎だと分かった。

「ここは」

「新地っていう、極安の切見世ですよ」

尋ねた又十郎に、団平が小声で答える。

団平の説明によれば、江戸に数ある岡場所の中でも、数の多さを誇る深川は男どもに評判だという。

殊《こと》に有名なのが、仲町、土橋《つちはし》、あひる、石場《いしば》、新地、裾継《すそつぎ》、櫓下で、深川七場所と呼ばれる岡場所だった。

狭い路地を挟んで建つ長屋には、三畳一間の部屋が、まるで宮中の局《つぼね》のように並んでいるところから、局見世《つぼねみせ》とも呼ばれている。

そこで暮らしをする女は、客を三畳間に引き入れて体を売るのだった。

「入ってから、どのくらい経つ」

伴六が、誰にともなく尋ねると、

「そろそろ、一刻だな」

亥太郎が小声で答えた。

「こんな切見世に一刻たぁ、長すぎやしねぇか」

伴六が声を低めて、不審を述べた。

「筧の野郎、ここの縄張の若い衆に頼んで、酒と肴《さかな》を買いに行かせやがったから、中の女と酌み交わしてたんだよ」

そう言って、亥太郎は不満そうに口を尖らせた。

その時、路地の奥の方で戸の開く音がした。

建物の陰から顔半分出して奥を見ると、右側の部屋から出た職人らしい男の影が、見送りに出た女に手を振りながら去って行く様子が見えた。

男の影が見えなくなると、女は、大欠伸をして部屋に引き返した。

「出た」

団平が、低く鋭い声を出した。

左の切見世の戸口から、袴姿の侍の影が、腰に刀を差しながら路地に出た。

「筧ですね」

亥太郎の声に、団平が頷いて応えた。

又十郎も、筧道三郎の影だと確信した。

「このあとは一人でやるから、お前たちはわたしから離れていてもらいたい」

又十郎は淡々と口にした。

「一人でと言うと」

団平が、咎《とが》めるような物言いをした。

「相手は剣の使い手だというではないか。一人が近づくのさえ気づかれる恐れがあるというに、この人数で近づけば、待ち伏せされて返り討ちに遭うか、逃げられるのが落ちだ」

又十郎の理屈を聞いた団平ら三人が、思案するように顔を見合わせた。

「返事に迷えば、このまま筧を見失うことになってしまうが、よいのか」

又十郎が急《せ》かすと、

「分かりました。わたしらは、離れておりましょう」

団平は頷いた。

「相手を仕留めたらすぐに立ち去るが、わたしが斬られたら、あとは、お前たちの好きにしてくれ」

そういうと笠に手を遣り、又十郎は路地へと入り込んで、筧の影が向かった方へと急いだ。

切見世の長屋の路地を抜けると、武家方一手橋の方へと向かう筧の影が行く手に見えた。

筧の影は、急ぐこともなくのんびりと歩く。

武家方一手橋を渡れば、夜の遊び場もある深川中島町《なかじまちょう》で、騒ぎを起こせば人目が集まる。

筧と切り結ぶなら、橋を渡る前がよい。

帯に差した刀を左手で押さえた又十郎は、極力足音を殺して筧の背後へと駆け出した。

五間（約九メートル）ほどに迫ったところで、又十郎は刀を引き抜いた。

すると、気配に気付いた筧が、振り向きざまに刀を抜いて身構えた。

「何者だ」

「問答無用」

声を低めた又十郎が、筧の顔に切っ先を向けたまま、つつつっと間合いを詰める。

突然、腰を落とした筧が横に引いた己の刀を斜めに振ると、又十郎の刀は弾《はじ》かれた。

「タァッ」

間髪を入れず、筧の刀が上段から振り下ろされた。

咄嗟《とつさ》に弾き返したが、筧の上段からの攻めを繰り返し受けて、防戦一方になった又十郎はじりじりと海辺へと追い詰められた。

筧は疲れも見せず、風を切る音をさせて剛剣を振り回し、又十郎に迫った。

あと僅《わず》かで海に落ちるという際で、又十郎は刀を横に薙《な》いだ。

「ううっ」

足を踏ん張って立った筧の口から呻《うめ》き声が洩れた。

腹を片手で押さえた筧は、もつれた足をふらふらと動かしたかと思うと、倒れるように海へと落ちて行った。

闇《やみ》の向こうで、水音がした。

周辺に明かりはなく、見下ろしても海面など見えぬ。

又十郎は、刀を鞘《さや》に納めると、急ぎ踵《きびす》を返した。

筧との斬り合いの様子は、暗闇の何処《どこ》かから、団平ら横目たちがつぶさに見ていたに違いない。


東の空はかなり白んでいる。

間もなく六つを迎える神田川の浅草橋一帯は、仕事に精を出す人たちで活気が漲《みなぎ》っていた。

荷を積まれたり、遠くから荷を運んで来たりする船の集まる大川流域は水運が盛んで、人や荷車は言うに及ばず、船や馬も朝の暗いうちから動き出すのが常である。

早番の又十郎は、神田川の北岸を、浅草下平右衛門町の船宿『伊和井』へと向かっていた。

『伊和井』の板場に足を踏み入れるとすぐ、

「おはようございます」

竈《かまど》の前に腰を下ろして火の番をしていたお佐江が立ち上がった。

「おはよう」

又十郎が返事をすると、

「お湯が沸いたら、お茶を淹《い》れますね」

お佐江の明るい声がした。

「そりゃ、ありがたい」

そう言って、納戸で着替えようと土間を上がりかけた時、

「おはよう」

背後で聞き覚えのある声がした。

「あら太吉さん、おはよう」

お佐江が、笊を抱えて外から入って来た太吉に笑みを向けた。

「干物を届けに来ました」

「ご苦労さま」

お佐江は、太吉から笊を受け取った。

「歩いて来たのか」

留《とど》まっていた又十郎が尋ねると、

「いや、三五郎さんが船に乗せてくれて、表の神田川に」

太吉はそう言って、小さく頷いた。

「お佐江ちゃん、太吉を送りに表に出るから、お茶は後で」

又十郎はそう言うと、太吉を伴って板場を後にした。

小路から、『伊和井』の表入り口のある神田川の北岸に回ると、太吉は、三五郎が船を着けている岸辺に又十郎を連れて行った。

舳先《へさき》に腰掛けていた三五郎が、腰を屈《かが》めた又十郎に向かって大きく頷き、

「昨夜、あれから船に引き揚げて、筧さんは築地に連れて行きました」

と、囁いた。

「三五郎さんの家の隣りの空き家だよ」

太吉が耳元で囁くと、船に飛び移った。

「今朝、出がけに隣りを覗いたら、筧さんは大鼾《おおいびき》をかいて寝てましたよ」

にやりと笑った三五郎は、船の舫《もやい》を解き始めた。

すると、心得たように太吉が棹《さお》を握った。

「お礼かたがた、近いうち築地に行くつもりだ」

又十郎が立ち上がると、三五郎と太吉の乗った船はゆっくりと大川の方へと向かった。

又十郎には、嶋尾から命じられた筧殺しを回避する術《すべ》はなく、残された手は、一芝居うつことしかなかった。

日取りも場所も又十郎が決めると申し出たのは、筧と打ち合わせる間が必要だったからである。

昨夜の筧殺しを横目達がどう見ていたかが、いささか気になる所ではある。

ふうと、小さく息を吐いて板場に戻りかけた又十郎の前に、いきなり喜平次が立った。

「香坂さん、昨夜、お由さんの家を覗きましたか」

喜平次が、気落ちしたような声を出した。

「いや。昨夜は、帰りが」

「今朝、大家の茂吉さんに聞いたら、お由さんは昨日、『源七店』を引き払って行ったってさ」

喜平次は、又十郎の声を遮って、力なく口にした。

「お由さんの知り合いという人が来て、残していた家財道具一切の処分は大家さんに任せるという、お由さんからの言付けを置いて行ったっていうんだよ」

ひとつ大きく息を吐くと、喜平次は肩を落として『伊和井』の裏手へと歩いて行った。

又十郎は言葉もなく、黙って喜平次の背中を見送った。

第二話　再会

一

秋が深まって来ると、これまでとは違う食材を板場で見かけるようになる。

魚では鮭《さけ》や鰆《さわら》も出回る。春の魚と書いて鰆だが、冬に向かう前に脂分を貯《た》める秋が美味《うま》いという人もいるくらいだ。

ウドやサツマイモ、それに栗《くり》やぶどうも青物市場には並ぶ。

船宿『伊和井《いわい》』の板場は、昼に出す弁当作りで朝から大わらわだったが、十三人のお客がそろそろそれぞれの座敷に着くかという頃《ころ》には作り終えて、親方の松之助《まつのすけ》をはじめ、弥七郎《やしちろう》も香坂又十郎《こうさかまたじゅうろう》も、一息入れたところである。

昼の客は、吟行の途中に立ち寄る商家の旦那《だんな》衆の一行、下総《しもうさ》から来た寺社見物の一行など三組だと聞いていた。

「八月もそうだったが、来月になりゃこんなもんじゃねぇから、覚悟するんだな」

松之助は先刻、そんな言葉を吐いた。

間もなく九月は菊の季節となる。菊見や月見の客も加わり、その上、芝神明《しばしんめい》の祭も控えていて、行楽の客が『伊和井』にも押し掛けるという。

「藤《ふじ》の間、松の間のお客さんが船でお着きになりましたぁ」

そう言いながら、女中頭のお蕗《ふき》が女中のおこんとおときを引き連れて板張りに現れた。

「藤の間四人と松の間五人分は、そこから持って行きな」

框《かまち》に腰掛けていた松之助が、板張りの壁際に並べてある三段重ねの提げ重を顎《あご》で示した。

「お椀《わん》は」

おこんの声に、

「すぐに取り分けます」

返事をした弥七郎は、火の気を少し残した竈《かまど》に掛けてある鍋《なべ》の蓋《ふた》を取った。

すぐに、あさりの身の澄まし汁を椀に注ぎ始めると、又十郎が椀に蓋をして、女中の待ち受ける板張りに並べる。

それを、おこんとおときが二つのお盆に載せていく。

「船頭の喜平次《きへいじ》さんが、なんだか元気ないようだけど、香坂さん、何かお心当たりでもありますか」

お蕗が提げ重の中身を確かめながら、声をかけて来た。

「そうそう、珍しく沈んでたわね」

お盆に椀を並べながら、おこんも声を上げた。

「さぁ、わたしはよく分かりませんがねぇ」

又十郎はそう答えたが、喜平次の様子には思い当たることがあった。

今朝、『伊和井』に干物を届けに来た、築地《つきじ》、南小田原町《みなみおだわらちょう》の漁師、三五郎《さんごろう》と、その船に乗って来た、波除稲荷《なみよけいなり》の孤児《みなしご》の頭分である太吉《たきち》を神田川《かんだがわ》の岸から見送った後、又十郎は喜平次と顔を合わせた。

その時、喜平次は、同じ『源七店《げんしちだな》』に住んでいたお由《よし》が、長屋を引き払ったことを口にしたのだ。

その話をした喜平次の様子が寂しげだった。

又十郎の家の向かいに住んでいたお由は、昼間は針売りで市中を歩き回り、夜は和泉橋《いずみばし》近くの居酒屋『善き屋《よや》』でお運びをしていた。

そのお由と顔を合わせると、遠慮なく軽口を叩《たた》いていた喜平次とすれば、遊び仲間に置いてけぼりを食らったような気分になっていたのかもしれない。

「萩《はぎ》の間のお客さんの船が着いたらすぐに知らせますから」

料理人たちに声をかけたお藷が、おこんやおときと共に提げ重を運び出すと、女将《おかみ》のお勢《せい》と女中のお佐江《さえ》もやって来て、椀の載ったお盆を運び出した。

その直後、障子《しょうじ》が開いて、手拭《てぬぐ》いを首に掛けた喜平次が、外から土間に静かに足を踏み入れた。

「喜平次さん、茶でもどうです」

声をかけたのは、弥七郎だった。

「あぁ、頼むよ」

返事をした喜平次は、松之助の近くの框に腰を掛けた。

「ほんとに萎《しお》れてやがる」

松之助が、遠慮会釈もなく言い放った。

「萎れてるって誰《だれ》が」

他人事《ひとごと》のように口にした喜平次は、片足を片方の膝《ひざ》に乗せて、ぐいと背筋を伸ばした。

「女中たちが、お前さんの様子を心配してたからよ。なにがあったんだよおめぇ。言ってしまえばすっきりするぜぇ」

松之助の物言いは、いささか芝居じみている。

「へへへ、女中たちが、おれの何を心配するというのかねぇ。おれにはさっぱり分からねぇ」

喜平次までも、芝居じみた口調と仕草で白を切った。

又十郎の眼《め》には、喜平次がやせ我慢をしているように映った。

大川《おおかわ》から築地川《つきじがわ》に入り込んですぐのところに架かる安芸橋《あきばし》は、太吉ら五人の孤児たちが暮らす波除稲荷の少し手前にある。

川幅は大して広くないが、川の南側には一橋刑部卿《ひとつばしぎょうぶきょう》慶喜《よしのぶ》の拝領屋敷や伊勢桑名《いせくわな》の松平《まつだいら》家や安芸広島《ひろしま》の浅野《あさの》家などの屋敷が建ち並んでいる。

橋の名前は、浅野家の領国、安芸に因《ちな》んだものと思われる。

喜平次の漕《こ》ぐ猪牙船《ちょきぶね》に乗って来た又十郎は、安芸橋の北岸に横付けされた船から岸辺に下りた。

築地川に入り込む少し前に鐘を聞いたので、八つ（二時頃）を過ぎた頃おいである。

船宿『伊和井』に訪れた十三人の客に、昼餉《ひるげ》の弁当を出し終えたのは九つ（正午頃）になる少し前だった。

早番の時、又十郎は九つに仕事を終えていいのだが、洗いものや夜の仕込みの手伝いなどをすることにしているので、いつも半刻《はんとき》（約一時間）ばかり居残ることにしていた。

着替えを済ませて板場を出た又十郎が、『伊和井』の出入り口のある神田川の北岸に回ると、

「まっすぐ『源七店』にお帰りで？」

猪牙船の舫《もやい》を解いていた喜平次から声が掛かった。

「用があるので、築地に行くところだよ」

又十郎が、用件は言わず、行先だけを口にすると、

「築地なら乗せて行きますよ」

喜平次から有難い返事があった。

『伊和井』の客を迎えに、芝、金杉橋《かなすぎばし》に行くので、途中、築地に寄ってやると言ってくれた。

船の方が早く着けるということもあるが、陸路を行けば、浜岡藩《はまおかはん》江戸屋敷の目付《めつけ》、嶋尾《しまお》久作《きゅうさく》が差配する横目《よこめ》たちの目に留まるということもある。

その点、水路は安心だと思えた。神田川から大川に出ると、喜平次は船の舳先《へさき》を南へと向けた。櫓《ろ》を漕ぐ喜平次は、いつもと違って口数が少なかった。

「大いに助かったよ」

船を降りた又十郎が声をかけたが、喜平次は軽く片手を挙げて応《こた》えただけで、猪牙船の舳先を海の方に向けて漕ぎ去った。

喜平次を見送った又十郎は、波除稲荷の前で境内《けいだい》を覗《のぞ》いたが、人ひとり居なかった。魚や貝などを売りに、方々に出掛けているのかもしれない。

波除稲荷の先の丁字路を右に曲がった又十郎は、南小田原町二丁目の四つ辻《つじ》近くにある、三五郎とお梶《かじ》夫婦の家の前に立ち、

「三五郎さん、お梶さん」

呼びかけて、戸を叩いた。するとほどなく、

「こっちこっち」

人ひとりがやっと入れるくらいの細い道を挟んで、隣り合っていた家の戸が開くと、顔を外に突き出したお梶が、又十郎を手招きした。

お梶に誘われるまま隣家に足を踏み入れると、そこは広い土間になっていた。

「どうぞ、お上がりよ」

お梶は、又十郎に声を掛けた土間から板張りに上がった。

その板張りには囲炉裏《いろり》が切られていて、三五郎と共に茶を飲んでいたらしく、

「よっ」

と、目尻《めじり》を下げた筧道三郎《かけいみちさぶろう》が、湯呑《ゆのみ》を持っていた手を挙げた。

「ささ、ここへ」

三五郎は立ち上がって、又十郎に筧の右隣りの場所を空け、土間に背を向けて座ったお梶と隣り合わせに座り込んだ。

「すぐに茶を」

お梶は、自在鉤《じざいかぎ》に掛けられた鉄瓶の湯を土瓶に注《つ》いだ。

薪《まき》が燃えている囲炉裏は、寒さしのぎというよりは、鉄瓶の湯を沸かすためのものだろう。

「どうぞ」

古びた茶簞笥《ちゃだんす》から取り出した湯呑に注いだ茶を、お梶が又十郎の前に置いた。

「香坂さん、ことは上手《うま》く運んだのかな」

筧が、気遣わしげな声をかけた。

「今のところは、多分」

又十郎にしても、まだ確信は持てなかった。

昨夜、深川で又十郎と筧が斬《き》り合った顚末《てんまつ》は、横目頭《よこめがしら》、伊庭精吾《いばせいご》の配下の者たちが暗闇《くらやみ》に紛れて見ていたはずだ。

筧が、又十郎の刀を受けて海に落ちた様子は、逐一、嶋尾久作や伊庭精吾にもたらされたのだろうが、これまで何も言って来ないのは、昨夜の斬り合いが芝居だったとは思っていないということだろう。

嶋尾久作から筧道三郎暗殺を命じられた又十郎の動きは迅速だった。

翌日には、以前、喜平次から引き合わされた渡り中間《ちゅうげん》の常次《つねじ》に頼んで、賭場《とば》仲間である、浜岡藩下屋敷の中間、仲七郎《なかしちろう》に、筧に宛《あ》てた文を届けてもらった。

文には、〈火急の用があり、密《ひそ》かに会いたい〉と認《したた》めていた。

その夜、文に書いた高輪大木戸《たかなわおおきど》近くの一膳《いちぜん》飯屋『熊八《くまはち》』で筧と落ち合った又十郎は、そこで、暗殺指示の一切を告げたのである。

嶋尾は又十郎に、下屋敷の風紀を乱している者がいてはお家《いえ》の存亡に関《かか》わるということを理由にしていた。だが、実のところ、廻船《かいせん》問屋『備中屋《びっちゅうや》』の抜け荷を密かに調べている、改革派の動きが核心に迫っていると感付いたからではないかというのが、その夜、又十郎と筧が抱いた見解だった。

そしてそこで、筧暗殺の決行日を、翌々日、つまり、昨日にすると決めたのだ。

昨日、筧と中間の仲七郎が、渋谷《しぶや》の下屋敷を出て、その日の夕刻に又十郎は横目の団平《だんぺい》から報告を受けた。

筧は、遅番の又十郎が『伊和井』を出て、深川新地《ふかがわしんち》に到着する刻限を見計らうために、途中、枡酒屋《ますざけや》に寄ったり、新地の切見世《きりみせ》の女と酒を酌み交わしたりして四つ（十時頃）を待ったのである。

帰る筧に又十郎が追いつくのは武家方《ぶけかた》一手橋《いってばし》の手前だということも斬り合う場所も、一膳飯屋『熊八』での打ち合わせ通りだった。

斬られた振りをして海に落ちた筧を、船に引き揚げて、南小田原町の空き家に運ぶ役を引き受けてくれたのが、三五郎だった。

「いやぁ、なにもかもうまく行ったのは、香坂さんはじめ、三五郎さん、お梶さんのお蔭《かげ》だなぁ」

しみじみと口にして、筧は残りの茶を飲み干した。

「筧さん、夜の海は冷たくありませんでしたか」

「冷たかったが、斬られて冷たくなるよりはましですよ」

そう言って、筧はからからと笑った。

「ここへ着いたら、お梶さんが囲炉裏で火を熾《おこ》していてくれ、竈で沸いていた湯を井戸水で薄めて浴びました。その後は、三五郎さんが熱燗《あつかん》の酒を飲ませてくれたので、それこそ、生き返った心持ちでしたね」

筧が三五郎とお梶に、改めて頭を下げた。

「だけどさ、香坂さんに聞くと、浜岡藩じゃ、筧さんの評判は散々だそうだね。下屋敷では賭場を開いて儲《もう》けを独り占めしているとか、夜な夜な外に出掛けては、酒と女に溺《おぼ》れているそうじゃありませんか」

「いやいや、お梶さん、それは某《それがし》の深慮遠謀さ。いや、正直に言うと、酒も女も嫌いではない。だがそれも、改革派という疑いを向けられないための、いわば芝居だよ。こんな、酒と女にだらしのない、金にも汚いお蔵方《くらかた》ごときが、藩の政《まつりごと》のことなどに頭を働かせるわけがない、そう思わせるために、仕方なく、道玄坂《どうげんざか》の悪所通いをつづけていたわけだ」

筧の言い分に嘘《うそ》はないと、又十郎は思う。

だが、薄笑いを浮かべたお梶は、半分、疑わしそうな眼を筧に向けている。

「そうそう、これは些少《さしょう》だが」

又十郎は、袂《たもと》に用意していた小さな紙包みを出すと、隣りに座っているお梶の前に置いた。

「何ですかこれは」

「三五郎さんには、夜の海の上で待ってもらったし、お梶さんにも何かと手数をかけた、そのお礼ですよ」

「香坂さん、それはいけねぇよ」

「そうだよ」

お梶は、三五郎に同調して声にすると、紙包みを又十郎に押し返した。

「いや、これが、遊びの船を出してくれたのなら甘えるが、人ひとりの命に関わる厄介ごとを頼み込んだんだ。受け取って貰《もら》わないと、この先、何かあった時、頼みにくくなるんだよ」

又十郎は、諭すように言葉をかけた。

「おれの金ではないが、ここはひとつ、香坂さんの思いを汲《く》んで、受け取ってくれんかね」

筧が口添えをすると、お梶が困ったように三五郎を見た。

「分かりました。遠慮なく頂戴《ちょうだい》します」

三五郎が頭を下げると、お梶は、板張りの紙包みを手にして恭しく捧げた。

「うん。それで、おれの肩の荷も少し軽くなった」

そういうと、筧はカカカと笑い声を上げた。

「あとは、筧さんの今後のことです」

改まって口を開いた又十郎は、

「死んだことになった筧さんは、屋敷に戻ることは無論、顔を晒《さら》して外を歩くことも出来ません」

静かにそう続けた。

「あぁ。一芝居を打つと決めた時から、それは覚悟していましたよ」

顔色一つ変えず、筧は頷《うなず》いた。

「住む家のことは、心配しないでもいいよ。そのへんの事情は香坂さんから聞いていたから、この空き家に住めるよう、町役人に話をつけておきましたから」

「おれのことを、どう説明したんだね」

筧は、三五郎の方に身を乗り出した。

「ええとね。相模国《さがみのくに》に嫁いだおれの妹の亭主は、造り酒屋に奉公する蔵人《くらびと》だが、その造り酒屋が世話になってる小田原藩の足軽頭《あしがるがしら》の親戚《しんせき》にあたる男が、藩の命令で、江戸の漁師の在り様を見聞に来たと、まぁ、そんな風なことを話したんだがね」

「そんな妹が居たのか」

又十郎が目を丸くすると、すかさずお梶が、

「うちの人に妹はいるけど、嫁いでるのは荏原《えばら》村だよ」

きっぱりと言い切った。

「つまり、おれの素性は作り話というわけだな」

「ここは南小田原町だから、小田原に関わりのある知り合いにしておいた方がいいと

思ってね」

「三五郎さんはそういうが、ちとややこしくはないかな」

又十郎がぽつりと洩《も》らすと、

「だからいいんじゃありませんか香坂さん。ややこしければややこしいほど、町役人さんは、本当の素性を辿《たど》れなくなりますからさぁ」

お梶は、またきっぱりと断じた。

その理屈に、又十郎は思わず「おぉ」と声を洩らし、隣りの筧は感心したように大きく頷いた。

「家の心配はしなくてもよいとして、禄《ろく》を得られないとすれば、暮らしに使う掛かりをどうするかですが」

又十郎は、胸の前で腕を組むと首を傾《かし》げた。

「食い物ならうちで食えばいいんだよ」

お梶の声に、すぐに三五郎も相槌《あいづち》を打った。

「なぁに、方々に心配していただかなくとも、蓄えはあるんだよ」

声をひそめて、筧がにたりと笑みを浮かべた。

浜岡藩下屋敷で賭場を開いて儲けた金を、酒や女にも使いはしたが、そのほとんどは下屋敷のあるところに隠し貯めているという。

藩政改革派の同志たちが、あれこれ駆け回る時には経費も掛かる。

そんな時のために持ち出す資金を、前々から用意していたのだと、筧は打ち明けた。

「その金の隠し場所は、仲七郎が知っているから、事情を知らせれば、ここに金を持って来てくれるはずだ。国元の祐筆《ゆうひつ》、山中小市郎《やまなかこいちろう》殿には、此度《こたび》の事情を文に認めるが、中屋敷のお使い方、入川平右衛門《いりかわへいえもん》には、仲七郎の口から知らせてもらう。そうすれば、江戸の、他の同志にも伝わるだろう」

筧の言い分に、又十郎は頷いた。

二

神田八軒町《はちけんちょう》の『源七店』に、昇ったばかりの朝日が射《さ》している。

今朝炊いた飯と味噌汁《みそしる》の椀、昨日の残りの鰯《いわし》の塩焼きに香の物の並んだ箱膳を前に、又十郎はのんびりと朝餉《あさげ》を摂《と》っていた。

南小田原町の空き家に筧を訪ねた翌日の、八月の晦日《みそか》である。

刻限は六つ半（七時頃）を過ぎた頃おいだ。

遠くの方で猫の鳴き声がしたかと思うと、下手な口上を張り上げる物売りの声が、表の通りを遠のいていく。

この日、『伊和井』の板場の仕事は遅番なのだが、日の出前に目覚めてしまった又十郎は、隣りの住人、飛脚の富五郎《とみごろう》と日本橋の小間物屋に奉公している娘のおきよが、連れだって仕事に出掛けて行く物音を、寝床の中で聞いていた。

それからやおら起き出して、顔を洗いに井戸に行こうと路地へ出ると、お由が住んでいた家の中をそっと覗き込んでいた喜平次が、慌てて振り向いた。

「へへへ、やっぱり、家ん中は、からっぽだ」

小さな照れ笑いを浮かべて、喜平次は細く開けていた戸を閉めた。

そして、

「おれは今日、早いんで、先に」

喜平次は又十郎に軽く手を挙げると、足早に木戸を潜《くぐ》って行った。

その時の光景を思い出して、又十郎はふと、箸《はし》を持つ手を止めた。

喜平次を見ていると、お由が『源七店』から去って行ったことを、未《いま》だに受け止められないでいるのではないかとさえ思える。

これまで、喜平次がお由に思いを寄せている様子など微塵《みじん》も感じられなかった。

それは、本人自身も気付いていなかったのではあるまいか。

食べ終えた又十郎が、箱膳に箸を置くと、どこかでまた、猫の鳴き声がした。

箸と、空になった茶碗《ちゃわん》や皿を土間の流しに運び、水甕《みずがめ》から汲んだ水を桶《おけ》に満たし、そこに汚れ物を浸《つ》けた。

流しの横の障子窓の外を、人影が通り過ぎたと思ったら、

「香坂様」

すぐに、聞き覚えのある声がした。

開け放していた戸の外には、蠟燭屋《ろうそくや》『東華堂《とうかどう》』の手代、和助《わすけ》が立っていた。

「嶋尾様から、急ぎの御呼び出しでございます」

和助から出た言葉に、又十郎は内心ぎくりとしたが、

「急ぎとは」

辛《かろ》うじて、声を出した。

「今日の昼、両国《りょうごく》にご足労願いたいということなのでございます」

和助の言う通り、急な呼び出しである。

両国西広小路、米沢町《よねざわちょう》一丁目の料理屋『かね定《さだ》』に、九つに行くよう言い置いて、
和助は帰って行った。

『源七店』を四つ半（十一時頃）前に出た又十郎は、神田川の北岸を大川の方へと向かっている。

神田八軒町から両国西広小路の米沢町一丁目へなら、四半刻《しはんとき》（約三十分）もあれば

行きつけるが、早めに着いて、料理屋『かね定』の近辺を歩くことにした。

筧道三郎殺しが芝居だと、嶋尾久作に見抜かれたのではないかという、一抹《いちまつ》の不安があった。

だが一方、もし見抜いているなら、料理屋へ呼び出すような悠長なことはするまいという思いもある。とはいえその油断を衝《つ》いて、料理屋に近づいた又十郎を始末するという手に出ることも考えられた。

早めに米沢町一丁目へ行って、嶋尾が配した横目たちの眼がないか、料理屋近辺を見て歩くつもりである。

顔を隠すために、菅笠《すげがさ》を被《かぶ》った。

船宿『伊和井』の手前を右へ曲がって浅草橋《あさくさばし》を渡った又十郎は、両国橋の西詰の広小路へと足を向けた。

両国西広小路に朝早くから立つ青物市場では、近郷近在で採れた青物が並ぶが、昼を境に市場は片づけられて、午後からは、芝居、軽業、見世物、楊弓《ようきゅう》場《ば》をはじめ、食べ物屋や飲み屋、小間物屋や植木屋などの小屋がひしめき合い、興行と行楽目当ての人々が押し掛けて、一帯は歓楽の町へと豹変《ひょうへん》する。

笠を被った又十郎は、米沢町一丁目や道を隔てた横山町《よこやまちょう》三丁目、薬研堀不動《やげんぼりふどう》のあたりをのんびりと歩き回った。

笠の下から、辺りに眼を遣《や》ったが、不審な人影は見受けられない。

両国橋西詰の橋番所まで歩いた又十郎は、青物市場から歓楽の町へと様変わりし始めた広小路をゆっくりと突っ切って、米沢町の小路へと入り込んだ。

小路の口から二軒目に建つ二階建てが、料理屋『かね定』だということは、先刻歩いた時に確かめておいた。

藍《あい》色の地に、『かね定』と染め抜かれた暖簾《のれん》が入り口に下がっている。

又十郎は、暖簾を割って玄関の三和土《たたき》に入り、笠を取った。

「おいでなさいまし」

『かね定』の半纏《はんてん》を羽織った、年の割に髪の黒い、番頭と思《おぼ》しき五十絡みの男が帳場から出て来て、上がり口に膝を揃《そろ》えた。

すると、奥から出て来た二人の女中が、男の後ろに膝を揃えて控えた。

「香坂と言う者だが」

又十郎が名乗ると、

「嶋尾様のお連れ様でございますね」

番頭らしい男は、承知しているとでも言うように頷き、

「こちらを、蘭《らん》の間へ」

年かさの、痩《や》せぎすの女中に声をかけた。

「お履物はそのままでお上がりなさいまし」

番頭らしい男に言われるまま、三和土を上がった又十郎は、

「こちらへ」

先に立った女中に続いて、幅の広い階段を上がった。

二階の広い廊下をひとつ曲がった先で女中が膝を突き、

「お連れ様がお見えになりました」

閉められた障子の中に声をかけた。

「入るがよい」

中から聞こえたのは、嶋尾の声である。

又十郎は、女中が開けた障子を通って部屋に足を踏み入れた。

床の間を背に座っていた嶋尾と対座していた伊庭が、その場を又十郎に空けて、左側の窓際に移動した。

「では、お昼のお膳をすぐに」

「そうしてもらおう」

嶋尾の声に頭を下げた女中は、廊下に座ったまま障子を閉めた。

伊庭が座った窓際の障子で昼の光が輝き、八畳ほどの小座敷は明るい。

「下屋敷のお蔵方、筧道三郎を、見事仕留めたそうだな」

「は」

又十郎は、腹の底を見せない嶋尾の一本調子な物言いに、短く返答した。

「手の者が、お主の剣を腹に受けた筧が、海に落ちるのを見たそうだ」

伊庭の声にも、なんの情感もない。

「夜明けと共に、手の者を動員して深川沖一帯を船で見て回ったが、死体は見つからず、その顔を確かめることは出来なかったが」

そう口にした伊庭の顔に、ほんの少し、無念さが見えた。

「夜のうちに、潮に運ばれて大海に流れ出たんだろうよ」

そういうと、嶋尾は小さくふうと、息を吐いて、胡坐《あぐら》をかいた。

そして、

「その方、江戸のご妻女と、密かに文のやり取りなどしているのか」

抑揚のない声を又十郎に向けた。

身に覚えはなかったが、思いもよらない問いかけに思わず戸惑ってしまった。

「なにをもって、そのようなことをお尋ねでしょうか」

又十郎は、嶋尾の顔を正視した。

「先日、ご妻女が江戸にいると話した時、どこに逗留《とうりゅう》しているのか、その方は聞きもしなかったからな。とっくに知っているのかと、ふとそう思ったまでだ」

「もし、わたしが居所を尋ねたら、教えていただけましたか」

又十郎は、問い詰めるような物言いをした。

嶋尾は、正視している又十郎の視線を受け止めていたが、小さくフフと苦笑を洩らして眼を逸《そ》らした。

「おれが言わぬと踏んで、聞きもしなかったということか」

「さよう」

又十郎は偽りを口にした。

江戸に来た万寿栄《ますえ》と山中小市郎が、江戸家老の一人、大谷庄兵衛《おおたにしょうべえ》の屋敷に留《とど》まっていたことは、筧道三郎から聞いていた。

小市郎は先に浜岡に帰ったものの、万寿栄は未だに大谷家老の屋敷に残っていることも知っている。

「それにしても、やけに諦《あきら》めが良すぎやしねぇか」

やや前屈みになった嶋尾が、上目遣いで又十郎を見た。

「義弟を討てと藩命を受け、浜岡を出ざるを得なくなった時から、諦める癖がついたものと思われます。何かを望んで、叶《かな》わぬ無念を味わうよりも、先に諦めた方が心も折れず、生きやすいということを、覚えてしまいました」

又十郎は、挑むような眼を嶋尾に向けた。

嶋尾は何も言わず天井を見上げると、片頬を動かして微《かす》かに笑った。

「貴様、嶋尾様にあてこすりか」

黙って聞いていた伊庭が、くぐもった声を発して又十郎を睨《にら》んだ。

「まぁ、よいさ」

嶋尾は、静かな声で伊庭を抑えた。

そしてすぐ、懐《ふところ》から紙入れを出すと、又十郎の前に銀一分（約二万五千円）を置いた。

「その方の、刀の研ぎ代にするがいい」

嶋尾の口調は穏やかだった。

国元で同心頭《どうしんがしら》を務めていた又十郎が、死罪と決した刑人《けいじん》の首を刎《は》ねる役目も負っていたことを、嶋尾は知っているのかもしれない。

斬首に用いた刀は、少なからず刃こぼれを起こし、人体の脂にまみれるので、その都度研ぎに出さなければならない。

その時は、研ぎ料という名目で一分が支給された。

嶋尾が出した一分は、筧を斬った刀の研ぎ料なのだろう。

「遠慮なく」

又十郎は、少し膝を進めて畳の一分を摘《つ》まむと、恭しく頭を下げた。

その時、

「お待たせしました。お膳をお持ちしました」

障子の外の廊下から、弾んだ女中の声がした。


空に月はなかった。

だが、暗闇かというと、そんなことはない。

神田川の両岸には、料理屋や旅籠《はたご》があって、夜遅くまで軒灯《けんとう》を点《つ》けているし、居酒屋や屋台の行灯《あんどん》の明かりもあった。

近隣には武家屋敷も多く、辻番所からの明かりや路傍の常夜灯の灯が、建物や土手の柳の影を地面に落としている。

この日、両国の料理屋で会った嶋尾久作が、筧暗殺のからくりに疑いを持っていないことを確信して、又十郎は一安心していた。

部屋に膳が運ばれてからはたいした話はなく、昼餉を摂ると、勧められた酒を断って料理屋を後にしたのである。

船宿『伊和井』の板場を五つ（八時頃）過ぎに出た又十郎は、神田川北岸をゆっくりと神田八軒町へと向かっていた。

川に架かる和泉橋の北詰から、『源七店』の方へ小道を曲がりかけた又十郎が、ふと足を止めた。

橋の袂近くに立つ柳の木に、体を凭《もた》れさせている女の影がある。

通りがかりの男に声を掛ける夜鷹《よたか》かとも思ったが、手拭いで顔を隠してもいず、茣《ご》蓙《ざ》も抱えてはいない。

影は背中を向けていたが、女の吐いたため息と同時に、肩がわずかに上下した。

「どうかしたのかね」

神田川に身投げをするとは思えないが、又十郎は女の様子が気になって声を掛けた。

驚いたように振り向いた女の顔を見て、軽く息を飲んだ。

常夜灯の明かりにぼんやりと浮かんだのは、『源七店』の住人、友三《ともぞう》の娘、お篠《しの》の顔である。

その顔は痛ましく、眼の周りを腫《は》らし、切れた唇には固まった血の痕《あと》があった。

「なにがあったのだね」

又十郎は、つい問い詰めるような物言いになった。

「『源七店』に行こうか、お父《と》っつぁんが屋台を出してる昌平橋《しょうへいばし》に行こうか迷ってたら、どちらにも行けなくなって」

細い声で口にしたお篠は、大きく息を吐いた。

「お父っつぁんのところに行けば、いろいろうるさく詮索《せんさく》されるし、『源七店』に行けば、寝てるおっ母《か》さんに心配かけることになるし」

顔を俯《うつむ》けたお篠は、すり減った下駄を履いた足元に眼を落とした。

「ともかく、わたしと『源七店』においでなさい」

「でも、おっ母さんにこんな顔は見せたくないんです」

「おていさんに見つからないで済む算段をするから、ついて来なさい」

又十郎が、口調を少し強めた。

ゆっくりと顔を上げたお篠は小さく頷いて、凭れさせていた背中を柳の木から離した。

又十郎が先に立つと、その後にお篠が続いた。

三

五つ半（九時頃）を過ぎた『源七店』は、静かだった。

明かりの灯っているのは、唯一、大家の茂吉《もきち》の家だけである。

井戸端で濡《ぬ》らした手拭いを絞った又十郎は、二棟の三軒長屋が向かい合っている路地へと、足音を殺して入って行く。

友三の家の前に屋台がないところを見ると、まだ、昌平橋の袂で夜鳴き蕎麦《そば》を売っていると思われる。

又十郎は、路地の一番奥の、かつてお由が住んでいた家の土間にそっと足を踏み入れた。

土間に近い板張りに、お篠が項垂《うなだ》れて座っており、又十郎は水を絞った手拭いを差し出した。

頭を下げて受け取ると、お篠は、切れた唇の周りに固まっていた血をゆっくりと拭《ぬぐ》う。

拭い終わると、腫れあがった目元に手拭いを当てた。

「痛かったのかい」

「少し」

お篠は、又十郎に返事をすると、小さく頷いた。

「大家の茂吉さんには話を通しておいたから、今夜はここで寝るといい。余っている布団を、あとで運んでくれるそうだよ」

又十郎の声に、お篠はただ黙って頭を下げた。

主の居なくなった部屋に、茂吉が貸してくれた小さな箱行灯の僅《わず》かな明かりが広がっている。

お由が暮らしていた家の中は、家財道具もなにもかも片づけられて、殺風景この上ない。

土間の外から、突然、人の顔が突き入れられた。

「あ」

声にならない声を出したのは、お篠だった。

「しっ」

又十郎は咄嗟《とっさ》に自分の口に指を立てて、顔を突き入れた喜平次に示した。

「ここに居ることは、おていさんに知られたくないというのでな」

又十郎が囁《ささや》くと、喜平次はなにも言わず、大きく頷き返す。

その時、喜平次の背後に、一組の布団を抱えた茂吉が立った。

「おれが」

喜平次が気を利かせて、茂吉から布団を受け取った。

「それじゃ」

囁くような声を残して、茂吉は引き揚げて行った。

布団を抱えた喜平次は土間を上がり、板張りの隅に置くと、

「お篠さん、何があったんだい」

気遣わしげな声を出して、その場に座り込んだ。

「香坂さんは、聞いてるんで?」

「いや」

短い返事をした又十郎は、和泉橋で見かけた時の経緯《いきさつ》を喜平次に話した。

「いったい、なにがあったんだい」

喜平次は、再度、お篠に問いかける。

「今夜はもう遅いから、話は明日でもいいじゃないか」

「いえ」

低い声だが、お篠は又十郎の提案を、やんわりと拒んだ。

「夕方、うちの人に、お金をせびられて」

大きく息を吸った後、お篠は口を開いた。

お篠の亭主の名は、祥五郎《しょうごろう》と言った。

「一朱（約六千二百五十円）でも百文（約二千五百円）でもいいから出せと言われたんだけど、そんなお金、うちにはもう、ないんですよ」

言い終わると、細く息を吐いたお篠の肩は、力が抜けたように、ふうっと落ちた。
三、四日前にも、針子として通っている呉服屋に現れた祥五郎に、金の無心をうけたお篠は、仕方なく手間賃の前払いを受け取って、亭主に手渡したばかりだったとも打ち明けた。
今日の夕刻、酒を飲んで帰って来た祥五郎に、お金はないと言ったのだが、それで得心するような男ではなかった。

「家になけりゃ、外に行って借りてくりゃいいだろう」

祥五郎は、金がないというお篠の言い分を嘘だと決めつけて怒り、足蹴《あしげ》にしたり叩いたりしたという。

夜鳴き蕎麦を売る父親の友三に泣きついてでも金を引き出して来いとも喚《わめ》き、挙句には、夜の街に立つ夜鷹の真似事《まねごと》をしてでも稼げとも口にした。

「昔は、そんなこと口にするような人じゃなかったのに、あの人、すっかり変わってしまって。夜鷹の真似なんて出来るわけないって言ったら、口答えするんじゃないって、髪を摑《つか》まれて引きずられたり殴られたりで、この始末ですよ」

傷ついたり腫れたりした顔を二人に見せたお篠は、唇を嚙《か》んだ。

「お篠さん、亭主は今、どこだい」

発条《ばね》仕掛けのように立ち上がった喜平次が、低い声を発した。

「喜平次、座れ」

又十郎は、喜平次の袖を摑んで引いた。

祥五郎に会って痛めつけようという腹だろうが、そんなことをさせたら悲惨な結末になる恐れもある。

「わたしが、口から血を流すのを見たら、ちっと舌打ちして、またどこかに出て行ったわ」

　お篠はそう呟《つぶや》いた。そして、

「もしかしたら、どこかに、お金をせびれる女がいるのかも知れない」

　とも、小さく洩らした。

「今夜はここで寝るとして、明日から、どうする」

　喜平次の声は、先刻より落ち着いている。

「これから、三光新道《さんこうじんみち》に帰ります」

　しばらく思案したあと、お篠はそう返事をした。

「しかし、今帰ると」

　又十郎が気懸《きが》かりを口にすると、

「しばらくは帰って来ないでしょうけど、酒が抜けたら戻ることもありますから。その時、わたしがいないと知ったら、それこそかっとなって、お父っつぁんやおっ母さんのとこに押しかけて来るかもしれないし」

「そうなればそうなったで、おれと香坂さんが相手してやるよ」

　そう言って、喜平次は胸を張って半身に構えて見せた。

「ありがとう。だけど、酒さえ抜ければ、それほど乱暴はしない人ですから、やっぱり、今のうちに」

　お篠は、喜平次に小さく頭を下げた。

「分かった。これから女一人じゃなんだ。三光新道までおれが送るよ」

「わたしも付き合うよ」

「おれ一人で大丈夫だよ」

「いや。万一ご亭主と出くわした時、喜平次一人だと、相手に妙な勘繰りをされてしまって、かえって面倒なことになりはしないか」

「あ」

小さな声を洩らした喜平次は、

「香坂さん、明日は早番だけど、いいんですかい」

と、気遣った。

「あぁ、いいさ」

「面倒なことに引きずり込んで、申し訳ありません」

低い声で二人に詫《わ》びを言うと、お篠は土間の下駄に足を通した。

「布団や箱行灯はこのままにして、明日茂吉さんに返しますよ」

そういうと、又十郎は板張りに置いていた刀を摑んで、腰に差した。

最後まで板張りにいた喜平次が、箱行灯の明かりを吹き消した。

月替わりの九月一日である。

船宿『伊和井』の板場で早番を務めた又十郎は、九つを四半刻ほど過ぎた時分に納戸に上がり、着替えをした。

着替えと言っても、前掛けと襷《たすき》を外して、腰帯に挟んだ着物の裾《すそ》を下ろすだけのことである。

そのあと、袴《はかま》を穿《は》いて刀を差せば、どこにでもいる浪人の姿になる。

昨夜、又十郎は、大家の茂吉に、喜平次と共にお篠を送り届けることを耳打ちしてから『源七店』を後にした。

お篠の家のある、日本橋、三光新道の『金助店《きんすけだな》』に向かう途中、四つを知らせる時の鐘が鳴り響いた。

町の木戸は閉まり始めたが、名前と行先に向かう用件をきちんと話せば、どこの木戸番もすぐに通してくれた。

お篠の家に、祥五郎の姿はなかった。

「なにか困ったことがあったら、すぐにおれか、香坂さんのところに来るんだぜ」

喜平次が、帰り際にそういうと、お篠は黙って頷いた。

それを見て、二人は『金助店』から引き揚げた。

「わたしは明日早番だから、このまま『伊和井』に行って、板場の隣りの納戸で寝ようかと思うんだが」

しばらく歩いてから、又十郎がそう口を開くと、

「その手があるね」

喜平次は、この足で浅草下平右衛門町《しもへいえもんちょう》の『伊和井』に行くことに、大いに乗った。

四半刻ばかりで『伊和井』の裏手に着くと、又十郎が板場の戸を叩いて住み込み女中のお佐江を起こし、中に入れてもらった。

又十郎と喜平次は、板場の酒樽《さかだる》から片口《かたくち》に酒を注ぐと、湯呑を用意して納戸に入った。

「香坂さん、ほんとにあの金は、あぶく銭だったんですか」

湯呑の酒を二口ほど飲んだところで、喜平次に尋ねられた。

あぶく銭とは、三光新道から引き揚げる際、又十郎がお篠の掌《てのひら》に握らせた銀一分のことだろう。

「これは」

その時、お篠は返そうとしたが、

「まともな働きで得たものじゃないから、遠慮は無用だよ。亭主の無心からこれ以上逃げられないと思った時に出す金だ。その時のために持っていなさい」

又十郎は、そう言い含めてお篠に渡したのだ。

ろくな働きもせず、不正な手で得た金をあぶく銭と言うが、お篠に渡した一分は、

又十郎にすれば、気持ちよく得た一分ではなかった。

嶋尾久作からの筧暗殺の指示をし遂げたふりをして、騙《だま》し取った金だった。

暮らしに困っていたお篠に渡すのが一番の使い道のような気がしたのである。

「あぁ、あぶく銭だったんだ」

喜平次にはそう返事をして、一分の金を得た仔細《しさい》は最後まで伏せた。

昨夜、片口に満たした酒を飲み干した二人は、日の出前にはすっきりと目覚めたのだった。

「香坂さん」

袴を穿き終えた時、納戸の外から弥七郎の声がした。

又十郎が板戸を引くと、

「担ぎ商いの男が、香坂さんを訪ねて来ましたが」

廊下に立った弥七郎が、そう口にした。

「すぐに出るんで、稲荷の前で待つよう言って下さい」

「分かりました」

弥七郎は頷いて、板場の方へ引き返した。

担ぎ商いに訪ねられる覚えはないが――腹の中で呟くと、又十郎は小さく首をひねった。

浜岡藩の横目頭、伊庭精吾が遣わした横目が、担ぎ商いの装《な》りをして来たのかもしれなかった。

納戸を出た又十郎は、板場の土間に置いていた草履に足を通すと、

「お先に」

板張りで茶を啜《すす》っていた松之助と弥七郎に声を掛けて、開いていた板場の障子をすり抜けた。

『伊和井』の裏手には左右に延びる小路があり、そこに、境を接した第六天社《だいろくてんしゃ》と藤塚《ふじづか》稲荷《いなり》の境内が並んでいる。

その稲荷の前で、小箪笥を担いだまま境内の石塀にだらしなく凭れている刻煙草売《きざみたばこうり》が、又十郎に気付いて、慌てて姿勢を正した。

「香坂だが、わたしになにか」

又十郎が声を掛けた担ぎ商いは、これまで見たことのない顔だった。

「料理人の香坂ってだけ聞いたから、まさか、ご浪人とは」

へへっと小さく笑った刻煙草売が、懐から取り出した結び文を、又十郎の前に差し出した。

「いえね、昼過ぎから下谷《したや》の方に行くと言ったら、時々顔を出すお屋敷のお女中に、これを渡してくれと頼まれたんですよ」

「お屋敷とは、いずれの」

「西久保《にしくぼ》神谷町《かみやちょう》の、浜岡藩江戸屋敷のご家老、大谷様のお屋敷ですよ」

あっさりと口にした煙草売を、又十郎はまじまじと見た。

刻煙草売は、結び文を又十郎の手に押し付けると、

「それじゃ、確かに渡しましたからね」

役目は終わったとばかりに、浅草橋から延びる表通りの方へ向かって歩き出した。

見送るとすぐ、結び文を解いた。

『明朝五つ　芝、金杉、西応寺《さいおうじ》の庫裏《くり》に　万す栄《まえ》』

文面を見た途端、辺りに眼を走らせた又十郎は、素早く、文を懐に押し込んだ。


木挽町《こびきちょう》築地一帯は、のんびりとしている。

朝方は、漁から戻った船から魚介を揚げたり運んだりと、男に伍《ご》して働く女房連の姿も相まって大いに賑わう。

昼を過ぎた今時分、通りは穏やかである。

空き地や道端で干している魚の開きを、日当たりのいいところに動かす女房達の動きも長閑《のどか》である。

結び文を眼にするとすぐ、又十郎は木挽町築地へと足を向けたのだった。

駆け出したいほど気持ちは逸《はや》ったが、努めてゆったりと歩を進めた。

八丁堀《はっちょうぼり》南と木挽町築地を繋《つな》ぐ堺橋《さかいばし》を渡った時、さりげなく背後を窺《うかが》ったが、つけて来たような人の気配はなく、又十郎はそこから、南小田原町の通りへと一気に足を速めた。

「筧さん、香坂です」

三五郎とお梶夫婦の隣りの家の前に立った又十郎は、低い声を掛けた。

ほんの少しの間があって、中からそっと障子戸が開けられた。

細目に開いた障子から半身になって家の中に入り込んだ又十郎の背後で、筧が急ぎ障子を閉めた。

「使いも出さず、突然に相すまぬことで」

「ま、どうぞ」

筧は、板張りに上がるよう手で指し示した。

「いや、話はここで」

又十郎は、上がり框に腰を掛けると、

「読んでみて下さい」

結びを解いた文を懐から出して、筧に手渡した。

すぐに眼を通した筧は、

「これは」

丸くした眼を又十郎に向けた。

文を届けに来た時の刻煙草売の文言を伝えた又十郎は、

「この文に書かれているように、明朝、この寺に出掛けてよいものかどうか、筧さんの判断を仰ぎに参ったのです。つまり、何者かが、わたしがどう動くかを確かめるための、罠《わな》ではないかとも思われますし」

と、声をひそめた。

「西応寺は、ご家老の大谷家の菩提寺《ぼだいじ》に間違いはない。が、江戸屋敷の事情を知る者なら、それくらいは知っていることですからね」

筧のいうことは、もっとものことである。

「それに、刻煙草売に文を託したのが、大谷家屋敷のお女中だというのが、いささか腑《ふ》に落ちんのです」

「ご妻女が、頼んだということではあるまいか」

「妻の身近には、目付の嶋尾久作が差し向けた女がいると聞いていますし、果たして、気を許せるようなお女中が、他にいるかどうか」

又十郎は、首を傾げた。

「香坂さん、この筆跡をなんと見られます」

ふと口にした筧が、又十郎の方に文を押しやった。

その文を手にすると、又十郎は改めて文字を見た。

「筆跡もさることながら、万寿栄という名の〈寿〉を、面白がって、たまに〈す〉と書くことがありますから、妻の手によるものだとは思います」

又十郎は小さく頷いた。

「だったら香坂さん、それに賭《か》けて、出掛けてみてはどうですか」

筧の口から出た言葉は、又十郎の思いを、強く後押ししてくれた。

四

朝日を浴びている江戸湾には、大小の船が行き来している。

霊岸島《れいがんじま》の方から外洋に向かう廻船《かいせん》もあれば、江戸湾に入って来る廻船もある。

その間隙を縫って縦横に動く荷船もいる。

それらの他に眼を引くのは多くの漁船である。

四手網漁《よつであみ》をする船もあれば、投網を打つ小さな船もいる。

浅い所を動きながら、海底の貝を浚《さら》う船の彼方《かなた》には、浜で地引網を曳《ひ》いている人影が見える。

五つまで、あと四半刻余りという時分である。

三五郎が櫓《ろ》を漕《こ》ぐひらた船は、江戸湾の岸辺近くを南へと向かっていた。

左の舷側《げんそく》には、菅笠を被った又十郎が胡坐をかいて座り、右側にはやはり菅笠の筧が船縁《ふなべり》に凭れて、両足を投げ出している。

二人の菅笠は、東から射す日の光を遮るためだけのものではなく、今日は顔を隠すために被っていた。

昨日、刻煙草売から受け取った文に記された指示通り、芝の西応寺に行く決意をしたのだが、微かに疑心暗鬼を抱えていた。

そんな心中を察してか、

「密かに、わたしもついて行きましょうか」

筧からの申し出を、又十郎はありがたく受け入れたのだ。

左に見えていた朝日が、いつの間にか背後に回った。

三五郎が、舳先を西の方に向けており、行く手に見える川の河口にゆっくりと近づいて行った。

やがて、ひらた船は、芝、金杉浜町《かなすぎはまちょう》の網干し場と越前鯖江《えちぜんさばえ》藩《はん》、間部下総守《まなべしもうさのかみ》家下屋敷に挟まれた入間川《いりあいかわ》に入り込んで行く。

「一つ目の橋が崩《くず》れ橋で、その次が、東海道を繋げている芝橋《しばばし》です。その次の廻《まわ》り橋に船をつけますから、そこで下りて少し北の方に行けば、すぐに西応寺の門前ですよ」

三五郎の説明に、又十郎と筧は笠を被ったまま大きく頷いた。

ひらた船は、三五郎が口にした通り、橋を二つ潜り抜けた先にある廻り橋の北側の袂で舷側を岸辺に寄せた。

三五郎が、船を手際よく橋杭《はしぐい》に舫《もや》うと、まず又十郎が岸辺に上がり、ゆっくりと西応寺の門前へと歩を進める。

しばらく歩いたところでさりげなく後ろを窺うと、打ち合わせ通り、十間（約十八メートル）ほど間を置いて、筧が又十郎に続いている。

廻り橋から西応寺まで、およそ一町（約百九メートル）の道のりを歩いて、又十郎は山門を潜って境内に入った。

境内には、閼伽桶《あかおけ》や切り花を手にした墓参りの参詣人《さんけいにん》たちも居れば、散策に訪れた人たちも行き交っていた。

境内の茶店の床几《しょうぎ》に腰掛けて、紙に筆を走らせている帽子の老人もいる。装りからして、俳人とも絵師とも見える。

空に枝を張った松の木を見上げた又十郎の眼に、手拭いを首に巻いた三五郎が山門から入って来るのが見えた。

寺の中でなにかあれば、門前の茶店で待つ筧に知らせに行くというのが、昨日取り決めた三五郎の役目である。

西応寺は、小さな町なら五つも六つも収まるほどの広さがありそうで、境内には本堂をはじめ、幾つもの堂宇の屋根が重なっている。

だが、その威容をはるかに凌《しの》ぐ敷地と壮大な屋根の重なりが、西応寺の西側に見えた。

薩摩《さつま》鹿児《かご》島藩《しまはん》、島津《しまづ》薩摩守《さつまのかみ》家の中屋敷である。

島津家の屋敷から寺の境内に眼を転じた時、北の方から鐘の音が届いた。

増上寺《ぞうじょうじ》の時の鐘が、五つを打ち始めたに違いなかった。

辺りにさりげなく目を走らせたが、不審な者の影はない。

又十郎は、本堂近くの松の木に凭れている三五郎に小さく頷くと、庫裏へと足を向けた。

本堂から少し離れたところにある庫裏の式台には、二人の参拝者を座って見送る若い僧侶《そうりょ》の姿があった。

「お頼み申す」

参拝者が去るとすぐ、笠を取った又十郎が声を掛けた。

「なにか」

立ち上がった若い僧が、応えた。

「わたしは、香坂と申す者だが、その、大谷庄兵衛様屋敷に逗留中の」

「伺っております」

又十郎の言葉を遮って答えた若い僧は、ゆっくりと頭を下げた。


式台から庫裏に上がった又十郎は、若い僧の後ろに続いた。

庫裏の中は、見掛けと違って広く、奥も深い。

廊下を二つほど曲がって広縁に出た後、橋懸《はしがかり》を通って別の棟に渡ると、中庭を囲む廊下を半分ほど回って角を折れた。

「こちらで、しばしお待ちを」

廊下に膝を突いた若い僧が板戸を開けて、部屋を指し示した。

又十郎が部屋に足を踏み入れるとすぐ、廊下の板戸は閉められた。

六畳の部屋には、小さな床の間と違い棚が設《しつら》えられていた。

外光に白く光る障子を開けると、庭の一角に低木の植えられた畳三畳ほどの蹲踞《つくばい》があり、手水鉢《ちょうずばち》に溜《た》まっている水が日射しを跳ね返している。

跳ね返された手水鉢の光は、部屋の天井に届いていた。

又十郎はふと、廊下を踏んで来る足音が聞こえたような気がした。

同時にすっと開いた板戸の隙間に、万寿栄の顔が見えた。

何か言おうと又十郎は口を動かそうとしたが、言葉が出てこない。

ゆっくりと部屋に足を踏み入れた万寿栄が、後ろ手に戸を閉める。

「やっと」

初めて又十郎の口から言葉が洩れた。

「ええ」

掠《かす》れた声で答えた万寿栄が近づき、又十郎の胸にゆっくりと顔を預ける。

又十郎は、錆青磁《さびせいじ》色の地に網目文様の着物に包まれた、万寿栄の細い肩に両手を回した。

「あぁ」

万寿栄の口から出た絞り出すような声に、万感の思いが籠《こも》っていると感じた。

それが、よけい不憫《ふびん》だった。

向き合ったまま二人は腰を下ろした。

「失礼致します」

廊下から、声がした。

「どうぞ」

又十郎が応えると、案内に立った若い僧が、開けた戸の間から湯呑を載せたお盆を部屋の中に差し入れた。

「御坊にひとつ、お頼みしたいのだが」

「なにか」

若い僧が、揃えた膝に両手を置いた。

「実は、庫裏の外の松の木の傍《そば》に居る漁師の装りをした三五郎という男に、言付けをお願いしたいのだが」

「承りましょう」

「門前の茶店で待つ連れに、わたしがここにいることを伝えてほしい、と」

「では、わたしが、そのお連れを、こちらまで案内するのですね」

若い僧は物分かりがよかった。

又十郎が頭を下げると、少しお待ちをと断わって廊下の戸を閉めて出て行った。

「お連れとは」

万寿栄の声に咎《とが》めるような響きはなかった。

「数馬《かずま》と交流のある浜岡藩下屋敷の男だが、詳しいことは、その者が来てからのこととしよう」

又十郎の言葉に頷いた万寿栄は、膝と膝がぶつかるような近さで笑みを浮かべた。

「なにを笑う」

「やっとお目にかかれましたから」

「半年もかかった」

「わたしには、一年も二年も過ぎたような」

「いろいろ、済まなかった」

「なんの」

万寿栄は、ゆっくりと首を横に振った。

「肩の肉が、少し落ちたか」

「さぁ。わたしはなんとも分かりませんが」

「苦労を掛けた」

「肩の肉が落ちたのは、多分、江戸への長旅のせいです」

そう断じて、万寿栄はにこりと笑った。

開けたままの障子の外から、葉擦れの音がさらさらと忍び込む。

「兵藤《ひょうどう》の義父上《ちちうえ》と義母上《ははうえ》は、如何《いかが》なのだ」

又十郎は、ずっと気懸りだった、万寿栄の実の二親の様子を尋ねた。

「数馬の脱藩に続いて、藩命を受けて国を出られた又十郎様まで、江戸で脱藩の烙印《らくいん》を押されたと知り、ただただ戸惑い、世間に背を向けて閉じこもっておりましたが、今はようやく落ち着いたようで」

万寿栄が、ゆっくりと頷いた。

「それで、戸川《とがわ》の兄の様子は」

実家の戸川家を継いだ実兄一家の様子は、江戸の又十郎には伝わってこなかった。又十郎や義弟が脱藩者となったことで、兄の一家に禍《わざわい》が及んでいないかと、それも気になっていた。

城郭の修繕、藩士の屋敷の新築や修繕、土木起工に関わる浜岡藩の普請方《ふしんかた》を務める兄の弥吾郎《やごろう》には、妻女と一男一女がいた。

「戸川の義兄上《あにうえ》様は、依然、ご普請方として御勤めと聞いておりますが、その後、あちら様とは、行き来はございません」

少し迷った挙句口を開いた万寿栄は、軽く目を伏せた。

「行き来がないとは」

「義兄上様の方からお訪ねになることはありませんし、わたしには、戸川の家を訪ねることは遠慮してほしいと、そう」

顔を俯けたまま告げると、肩で大きく息をした。

この半年足らずの間に、又十郎と兄の間には深刻な溝が出来ていたようだ。

詳しい話は口にしなかったが、万寿栄は兄から、弟への恨み言を聞かされたに違いない。

「ですが、豊浦《とようら》の勘吉《かんきち》さんは、又十郎様からの文を届けるようになるずっと前から、何かというと魚を持って顔を出して下さったし、なにか困ったことはないかと、いつも気遣ってくれていましたよ」

顔を上げた万寿栄は、笑みを浮かべると弾むような声を上げた。

豊浦というのは浜岡にある海辺の町である。

漁師である勘吉を、又十郎は釣りの師として仰いでおり、船で沖合に乗り出しては釣り糸を垂らしたものだ。

又十郎が浜岡から居なくなってから、沈み込みそうになる気持ちを支えてくれたのは、余技の染め物と勘吉の来訪だったと、万寿栄がしみじみと口にした。

「お連れ様をご案内しましたが」

廊下から、若い僧の声がした。

部屋の天井に射していた光が、いつのまにかなくなっている。

日射しの加減か、蹲踞の手水鉢の水で照り返していた光が、別の方向に移ったようだ。

又十郎と万寿栄が並んで座った向かいに、腹のせり出した筧が座っている。

筧については、弟の兵藤数馬と以前から交流を持つ者だと説明して、又十郎は万寿栄に引き合わせていた。

「筧様は、此度、江戸に参った数馬と、お会いになられましたので」

「はい。脱藩したと伺っておりましたので、密かに会いまして、逗留する場所など、世話をさせていただきました」

そのことは、又十郎も以前、筧の口から聞いたことがある。

「筧様は、弟が江戸に参ったわけをご存じなのでしょうか」

「わけとは」

筧が、やや戸惑った顔つきで又十郎に眼を向けた。

「数馬が浜岡を出奔して江戸に向かったわけを、共に江戸に参りました山中小市郎殿が国へ戻られる前日、大まかには伺いましたが、真《まこと》の事でしょうか」

この問いかけにも戸惑いを見せた筧は、またしても窺うように又十郎を見た。

「小市郎殿は、大まかに、なんと申された」

筧に代わって、又十郎が尋ねた。

「江戸に出府なされたお殿様に、藩政改革の要を訴えるためだと」

万寿栄の言葉にどう応えるべきか迷い、又十郎と筧は顔を見合わせた。

「藩内には、改革を訴える方々を阻止しようとする勢力もあって、江戸に向かった数馬に追手がかかった様子だとも、伺いました」

「江戸屋敷にも、我ら改革派を殲滅《せんめつ》せんとする一派があり、密かに何度となく寄合を重ねていたのですが、ある時を境に、当の数馬殿の行方が杳《よう》として分からなくなりまして」

「さようで」

ぽつりと洩らした万寿栄は、光に満ちた庭の方を向いて、切なげな吐息をついた。

筧は筧で、天を仰いで小さくウウと唸《うな》る。

数馬を思う二人の様子が、又十郎には息苦しい。

「わたしが浜岡を出たのは、脱藩に及んだ謀反人、数馬を討てという藩命を受けたからなのだ」

又十郎は、思い切って打ち明けた。

「なんと！」

張り詰めた声を上げて、筧は眼を剝《む》いた。

万寿栄はなにも言わず、又十郎を凝視している。

「数馬殿を捜そうと、このおれに近づかれたのかっ！」

筧は、今にも飛び掛からんばかりの構えで声を荒らげた。

「それも、あるが」

曖昧《あいまい》な返答をした又十郎の声は掠れていた。

筧という男を確かめるために浜岡藩下屋敷の賭場に出向いた時、数馬は既にこの世にはいなかったのだ。

藩命を負った又十郎は、やむなく数馬を討っていた。

「江戸、下屋敷、筧道三郎は――、筧には」

数馬は死に際、そう言い残した。

筧道三郎なる者が、数馬の同志なのか仇成《あだな》す者かを探るために近づいたのだが、そのことを、ここで口にするわけにはいかない。

「国を発《た》たれる時の又十郎様のご様子から、藩命というのが、浜岡から姿を消した数馬に関わることではないかとは、思わなくもありませんでしたが」

呟くように口にした万寿栄は、膝に置いた手に眼を落とした。

「だが、ついに数馬には会えず、藩命を全《まっと》う出来なかった責めを負わされて、わたし自身も脱藩者となってしまった」

「それで、江戸屋敷の目付、嶋尾久作のために動いていたのか」

「手足を縛られていたのだ。嶋尾のために働けば、脱藩者の烙印は消し、国への帰参が叶うこともあるという思いに駆られ、差し出された餌《えさ》に食いつくことにした」

又十郎は、泣き言をいうつもりはなかった。

身の上を白状することで、己をがんじがらめにしている縛りを、たとえ一本でも断ち切れた気になる。

「又十郎様、藩命を帯びたことを、決して嘆かれますな」

万寿栄が、穏やかな声を又十郎に向けた。

「お家から俸禄《ほうろく》をいただき、殿様にお仕えする家臣が、どうやって藩命から逃れられましょうか。藩命に背くのなら、謀反人として処罰を覚悟するか、刀を置いて浪々の身になるほかないのです。国元では奉行所の同心頭を務める又十郎様は、死罪と決まった罪人の首を打つお役目を務めておいででしたが、中には憐《あわ》れむべき罪で死罪となった者もいて、刑場で首を打つことを躊躇《ためら》われたこともおありだったのではないかと、心中お察ししたこともございました。そこで私情を盾に、打ち首から逃げれば、おそらく又十郎様はお役御免の憂き目にあわねばなりますまい。だからこそ、あなた様は、同心頭のお役目を全うするため、私情を殺して刑場で罪人の首を刎ねるというお務めを果たされ続けた。此度も同じではありませんか。脱藩者である数馬を討てとの藩命を拒むことが、出来ましたでしょうか」

万寿栄の物言いは終始柔らかく、冷静だった。

武家が持つ理不尽を責めるというより、武家の主従のありようを説いて、罪悪感を和らげてくれる高僧の法話のようにも感じられた。

万寿栄と夫婦になって七年が経つ。

　これまで、思いがけない一面を見せられて、新鮮な驚きを持って感心したことは度々あったが、思いを滔々《とうとう》と語った万寿栄に、又十郎は感服してしまった。

「数馬が江戸に着いたのは、いつ頃でございました」

　万寿栄の問いかけに、筧は一瞬首を捻《ひね》ると、

「たしか、四月に入ってすぐのことでした。それからは、泊まる場所を転々としてもらい、その後、目黒不動《めぐろふどう》近くの寺の離れに逗留することになりました」

と、記憶を辿った。

　その寺のことは、又十郎も覚えている。寺に近い旅籠に泊まって、改革派の者たちが出入りをしないかと、山門を見張ったのだ。

「忘れもしない四月の十七日、渋谷道玄坂町で会合をもつことになっていたのですが、いつまで経《た》っても数馬殿は現れず、その夜以来、消息まで途絶えたのです」

　筧は、無念さを隠しもせず口にすると、太腿《ふともも》の辺りの袴をぎゅっと握った。

「それから五か月――。数馬のことは、もはや、諦めねばなりますまい」

「いや、しかし」

　筧は口を挟んだが、万寿栄は落ち着いている。

「数馬が、誰にも何も知らせず逃げ隠れするはずはないと思います。知らせがないということは、既にもう、――もはや、この世に」

そこまで口にした万寿栄が、ふっと庭の外に眼を向けた。

その表情には、悲しみや悔やみというより、諦めに似たものが滲《にじ》み出ていた。

「申し訳ござらんっ」

いきなり大声を上げて、筧が万寿栄に両手を突いた。

「江戸へ参られた数馬殿を守り切れなかったのは、我ら江戸の同志の落ち度でござるっ。この通り、幾重にもお詫びいたします」

「筧様、どうかお手を」

「いえ」

筧は、両手を突いたまま、蛙《かえる》のように這《は》いつくばっている。

無様な姿をした筧のひたむきさに、又十郎の胸はさらに痛む。

「又十郎様が浜岡に戻れる日は、いつか参るのでしょうか」

万寿栄は、初めて不安な声音を洩らした。

藩の体制に何らかの変化が起きない限り、いまの状況が変わることはない――答えは分かっていたが、又十郎は口に出来なかった。

「その日は、必ず来ます！」

突然叫んだ筧が、上体を起こした。

「藩政を正し、人事の刷新が成った暁には、浜岡藩は生まれ変わります」

口から泡を飛ばして、筧は豪語した。

それを、又十郎と自分への励ましと受け取ったのか、万寿栄は笑みを浮かべて筧に頭を下げた。

「ひとつ聞くが」

万寿栄に向けて静かに口を開いた又十郎は、

「結び文を担ぎ商いに託してわたしに届けさせたのは、大谷ご家老の指図だったのか」

と、続けた。

「いいえ。わたしのことを気にかけてくれる女中が、又十郎様が江戸にお出《い》でだとご家老様から聞いたようで、密かに会えるよう算段してくれたのです」

万寿栄の顔から笑みがこぼれた。

「お会いする場所を、このお寺にと勧めていただいたのは大谷様だと、女中は申しておりましたが」

万寿栄の話を聞いて、又十郎と筧はふと顔を見合わせた。

大谷屋敷にいる万寿栄の傍には、嶋尾久作に遣わされた見張りの女中がついているはずなのだ。

その見張りが、この日の対面を察知していればどうなるか——ふと案じた時、庭の日がすっと翳《かげ》った。

五

朝方出ていた日は、雲に覆われて姿を隠した。

黒雲ではないから、昼前の西応寺境内は、別段暗いわけではない。

笠を被った又十郎と筧は、幾つもの堂宇の間を縫って、山門の方へ向かっている。

又十郎と万寿栄の対面は、四つ少し前にひとまず切り上げることになった。

西応寺に向かう時、一刻（約二時間）ほどで戻ると告げて大谷家を出たのだと万寿栄は言った。

大谷屋敷のある西久保神谷町は、増上寺の西隣だから、西応寺からは大した道のりではなかった。

だが、寺が呼んだ駕籠《かご》で帰ることになっていた万寿栄は、対面をした部屋で待つことになり、又十郎と筧が先に出ることになった。

「履物はこちらにお持ちしました」

気を利かせた若い僧が、又十郎と筧の草履を蹲踞のある庭に揃えてくれた。

又十郎と筧は、万寿栄にはそこで辞去の挨拶をして来たのである。

お堂とお堂を結ぶ橋懸を潜ったところで、又十郎がふと足を止めた。

「なにか」

「いや」

筧にはそう返事をしたものの、又十郎の眼は、少し離れたお堂の回廊を歩く武家の女中の横顔に注がれている。

「筧さんは、三五郎さんの船で先に築地へお戻りください」

「香坂さんは」

「ちと、気になることが――」

言葉の最後は濁したが、筧は、

「では」

笠を少し動かしただけで、詮索することなく歩き去った。

又十郎が眼を転じると、武家の女中の背中が回廊を曲がって消えた。

又十郎は、女中が去った方へと急ぐ。

お堂の角を曲がると、回廊から伸びている渡り廊下を行く女中の横顔がはっきりと見えた。

「お由さんではないのか」

渡り廊下の近くに駆け寄った又十郎が声を発すると、一瞬ぴくりと足を止めただけで、女中は逃げるように廊下を急ぐ。

駆け出した又十郎は、草履を脱いで階《きざはし》を駆け上がると、回廊を急ぐ女中の行く手に立ちはだかった。

武家奉公らしい着物に身を包み、それなりの髪型に結っているが、立ち止まった女中の顔は紛れもなくお由だった。

「これは、どういうことなんだ」

又十郎の口から出た声は、戸惑いに満ちていた。

「ここではなんです」

大きく息を吸ったお由は、抑揚のない声でそういうと、又十郎の先に立った。


お由に案内されたのは、境内の一角にある茶室へと続く外露地である。

四ツ目垣が内露地との区切りになっている。

又十郎とお由は、待合の屋根の下の腰掛けに並んでいた。

「わたしは、香坂様もご存じの横目頭、伊庭精吾様の手の者でございます」

思いもよらないお由の声に、又十郎は言葉を失った。

そして、これまでの様々な出来事を紡ぐよう、懸命に思案を巡らせた。

「つまり、それは」

やっとのことで声を出して、お由を見た。

「とりもなおさず、目付、嶋尾様の下で働く横目ということだね」

「はい」

お由の返事に淀《よど》みはなかった。

「わたしが『源七店』に住み始めたのは、謀反人の兵藤数馬追討の藩命をうけて江戸に来るという藩士を見張るためでございました」

「わたしを、か」

「名を知りましたのは、香坂様が初めて『源七店』にお出でになった時でしたが」

お由の話を聞いて、又十郎も思い出した。

『源七店』に着いた時、大家の茂吉に、針売りから帰って来たお由を引き合わされたのだ。

「義弟を討ち果たした後は、香坂様が江戸でどのように動き、どのような振る舞いをするのかも、続けて見張るよう言いつかりました」

そう告白して、お由はさらに続けた。

江戸の改革派の同志らしき者たちと会っている様子がないことは、又十郎の動きをそれとなく追っていたお由には分かっていたという。

「『源七店』に暮らし始めてからすぐ、日本橋の定飛脚問屋に託した、国の妻宛《あて》の文が、なぜか嶋尾殿の手に渡っていたことがあったが、あれは」

又十郎の物言いに、問い詰めるような響きはなかった。

が、お由は小さく、ふうと息を吐いて、

「飛脚の富五郎さんを交えて何やら話し込んでおいでだった香坂様の動きを、翌日、さりげなく追いましたら、日本橋、瀬戸物町《せともの ちょう》の定飛脚問屋に入られました。香坂様が出られるとすぐ、わたしが飛脚屋に入り、妹と偽ってその文を受け取ったのです」

受け取った文は、すぐに嶋尾久作に渡したと、打ち明けた。

前々から抱えていた疑義がようやく晴れて、胸のつかえが、ひとつ下りた。

「しかし、なぜ、嶋尾や伊庭精吾を裏切るようなことをしたんだね。この日のことを認めた結び文を担ぎ商いに託して、わたしに届けさせたのは、お由さんなのだろう」

そう言ってから横を向くと、お由が少し顔を俯けた。

そして、少し間を置くと、

「命じられて見張りをすることになった香坂又十郎というお人は、わたしがこれまで見てきたどの侍や浪人とも、かなり違ったお方でした。『源七店』の住人とも分け隔てなく交わり、釣り好きが高じて魚を捌《さば》いて調理までなさった。病勝ちのおていさんも気遣い、そのうえ、築地で暮らす孤児たちに働くよう導くなど、わたしに課せられた務めを忘れるほど、感じ入って見ておりました」

と、そこまで話すと、息を継いだ。

再び口を開いたお由の声は落ち着いていた。

「八月の初旬でした」

「わたしは、伊庭様から、浜岡藩江戸屋敷の家老、大谷庄兵衛様の屋敷に女中として奉公するよう命じられたのです。石見国《いわみのくに》浜岡から来て逗留している香坂又十郎様の妻の世話をするのが務めだと言い渡された時は、あまりのことに息の詰まる思いでした」

『源七店』からお由の姿が見えなくなったのが、八月の十日過ぎだったのは、又十郎も覚えている。

「浜岡藩のご重役が、ご妻女の万寿栄様の江戸入りをお許しになったのはなぜか、ご存じでしょうか」

お由に問われた又十郎は、首を横に振った。

「兵藤数馬様の実の姉が江戸にいると知れば、藩内の藩政改革派が近づこうと動き出すはずだと、嶋尾様が進言なさったそうです。江戸屋敷にも密かにいると思われる改革派を炙《あぶ》り出すために、ご妻女を利用しようと」

そこまで口にして、お由は言葉を切った。

そして、

「そんなこととはご存じない万寿栄様は、ただただ、江戸におられるという旦那様に会える日を、今日か明日かと、ひたすら待ち望んでおいででした」

と、声を掠れさせた。

万寿栄は夫の名も、脱藩者となった理由も口にはしないが、お由は当然、その事情を伊庭精吾から聞かされていた。

藩からの禄が絶えたことも、屋敷を追われたことも知っていた。

にも拘《かか》わらず、万寿栄の口からは一言の愚痴も出なかったと、お由はいう。

実家に戻った万寿栄は、余技の染め物を城下の小間物屋などに売って、実の二親との暮らしを支えているのだと、笑顔さえ浮かべてお由に話していたようだ。

「万寿栄様のお傍に付いていて、日数は短いながら、旦那様を信じる気高い心根を、ひしひしと感じました。それで、この自分が、嫌になりました。いい人たちを騙していることが、益々嫌に――。そんな自分への言い訳のつもりで、万寿栄様と香坂様のご対面の労を取ろうと思い立ったのです。お二人をはじめ、『源七店』の人たちを裏切っていた詫びのつもりで、出しゃばったことを」

俯きがちに述べたお由が、待合の屋根から突き出た木の枝を見上げると、目尻を指でそっと拭《ふ》いた。

「もう、危ないことはやめなさい。伊庭精吾も、ましてや嶋尾久作に至っては、決して侮れぬぞ」

「分かっています。でも、近々、またご夫婦が会えるよう算段してみるつもりです」

そういうと、お由はゆっくりと腰を上げた。

釣られたように、又十郎も立ち上がった。

「ありがたいが、無理はするなよ」

又十郎の言葉に頷いたお由は、

「一緒に歩くのは剣呑《けんのん》ですので、香坂様から」

と、頭を下げた。

ではと、声を掛けて行きかけた又十郎はふと立ち止まり、

「お由さんが居なくなって、喜平次が寂しがっていたよ」

そう声を掛けた。

思いがけないような顔をしたお由は、もう一度、ゆっくりと頭を下げた。

又十郎は、山門へ向けて足を踏み出した。

神田川の佐久間河岸《さくまがし》一帯は、日が落ちてから小雨になった。

傘を差さずに四半刻歩いても、濡《ぬ》れ鼠《ねずみ》になることはないくらいの降りだ。

和泉橋の北詰に近い居酒屋『善き屋』は、いつもなら込み合う六つ半になっていた

が、客の入りは五分程度だった。

本降りになるのを恐れて、出職の者たちは早々に家路に就いたと思われる。

店の板張りで胡坐をかいた又十郎は、芋と烏賊《いか》の煮付けや炒《い》り豆腐を肴《さかな》に酒を飲んでいる。

万寿栄と対面した西応寺を後にした又十郎は、その足で、築地の南小田原町の筧を訪ねた。

寺でお由と会ったことは伏せ、増上寺門前で昼餉の蕎麦を手繰ったので遅くなったと詫びたあと、神田八軒町の『源七店』に戻ったのである。

ごろりと横になった途端、又十郎は睡魔に襲われて、目が覚めたのは夕刻だった。

夕餉の支度などする気にもならず、四半刻前に『善き屋』にやって来たばかりである。

お由が居なくなった後、お運び女になった十八、九ばかりの丸顔の娘が、暇そうに欠伸《あくび》を嚙み殺した時、入り口の戸がすっと開いた。

「ご一緒ですかぁ」

お運び女は、霊岸島の船人足の丈助《じょうすけ》と連れ立って入って来た喜平次に声を掛けると、又十郎の方を見た。

「あ、香坂さんいたのか」

喜平次が、板張りの又十郎に気付いた。

「一緒でいいかな」

「あぁ、いいさ」

又十郎がそう返事をすると、喜平次は丈助とともに板張りに上がって来た。

「久しぶりに丈助と賭場に繰り出すつもりが、雨に降られて行く気が失《う》せましてね」

喜平次の愚痴に、丈助が相槌《あいづち》を打った。

お運び女を呼んだ喜平次は、酒と、三品の肴を注文すると、

「その後、香坂さんのとこに、お篠さんからなにか言ってきましたか」

と、顔を近づけた。

「いや、何もないが」

「おれんとこにも、音沙汰《おとさた》はないが、なにもなきゃいいんだがね」

ため息をついた喜平次の前に、又十郎は自分の徳利を置いた。

「酒が来るまでこれを飲むといい」

「それじゃ、遠慮なく」

徳利を摘まんだ喜平次は、丈助と酌をしあった。

「いただきます」

丈助の声で、喜平次も盃《さかずき》を口に運んだ。

「香坂の旦那、知り合いの水主《かこ》に聞いたんですが、日本海の方じゃ大嵐があったようですぜ」

そう言って、丈助が顔を曇らせた。

日本海を航行中の廻船は、港に避難したそうだが、中には流されたり帆柱を折った船もあると、丈助は、霊岸島に着いた水主から聞いた話を続けた。

「お待ちどお様」

お運び女が、酒と料理を運んできて三人の前に並べた。

「ちょっと聞くが、あんたがここに来る前にお運びをしていた女が、ここに顔を出すってことはないのか」

喜平次が尋ねると、

「お客さん、この前も、あたしに聞いたくせに」

「そうだったか」

「なんなら、板場の旦那さんに聞いてあげるけど」

「いい、いい。もう、いいんだよ」

喜平次は、盃に残っていた酒を一気に飲み干した。

「あれ」

呟いた丈助が、ふと耳を澄ました。

又十郎と喜平次も丈助に倣うと、激しい雨音が聞こえた。

「旦那さぁん、本降りになったよぉ」

お運び女が板場の親父に向けて、けたたましい声を張り上げた。

今夜の酒席は、長くなりそうな気がする。

第三話　炎上

一

どこか遠くで、ちょろちょろと水の零《こぼ》れる音がする。
いや、耳の近くで流れているようでもある。
手を耳の辺りにやった途端、香坂又十郎《こうさかまたじゅうろう》は目が覚めた。
ぼんやりと起き上がると、戸の障子紙《しょうじがみ》が月明かりに鈍く光っている。
神田八軒町《かんだはちけんちょう》の『源七店《げんしちだな》』の又十郎の家に間違いない。

路地に明かりはなく『源七店』全体が静まり返っていて、眠りに就いてどのくらいの時が経《た》ったのか見当もつかない。

早番だった又十郎は、日本橋《にほんばし》、柳橋《やなぎばし》の船宿『伊和井《いわい》』の板場を昼過ぎに出ると、まっすぐ『源七店』に帰って、溜《た》まっていた着物や下帯、手拭《てぬぐ》いの洗濯をした。

そのあと、しばらく放《ほう》っておいた家の中の掃除をしてから、夕餉《ゆうげ》の支度にとりかかったのだ。

日が落ちて、日本橋本石町《ほんこくちょう》の時の鐘が六つ（六時頃）を知らせる頃《ころ》、夕餉の膳《ぜん》の支度が出来、箸《はし》を手にしたところで、

「ひとりで夕餉ですか」

仕事帰りの喜平次《きへいじ》が、路地から家の中に顔を突き入れた。

そして、屋根船の客が持たせてくれたと言う稲荷寿司《いなりずし》の包みを見せて、酒を持って来るから二人で夕餉を摂《と》ろうじゃないかと申し出た。

喜平次とは、二日前の九月二日に、船人足の丈助《じょうすけ》も交えて、和泉橋《いずみばし》に近い居酒屋『善き屋《よきや》』で酒を飲んだばかりだったが、又十郎は快く応じた。

しかし、半刻《はんとき》（約一時間）と四半刻《しはんとき》（約三十分）ばかり差し向かいで飲食をすると、欠伸《あくび》を洩《も》らし始めた喜平次は自分の家に引き揚げて行った。

又十郎が布団を敷いて横になったのは、それからすぐのことだった。

目覚めてすっかり頭の冴《さ》えてしまった又十郎が、徳利《とっくり》に残った酒を飲もうと立ちかかった時、隣家の戸をそっと開け閉めする音がした。それに続いて、井戸の方からも水音がした。

又十郎は寝巻のまま土間の草履に足を通すと、路地に出た。

富五郎《とみごろう》夫婦と娘の住む隣家に明かりはなく、又十郎は足音を殺して井戸端に出た。

そこに、背を丸めた友三《ともぞう》が釣瓶《つるべ》の水を桶《おけ》に注ぐ姿があった。

「起こしてしまいましたか」

友三の足元に屈《かが》んで、空の桶を並べていた富五郎の女房、おはまが又十郎を振り向いた。

「何ごとだね」

「屋台を担いで帰って来たら、おていが熱を出しておりまして」

近所を憚《はばか》って、友三は小声で答えた。

「手拭いで頭を冷やしていたらしいけど、桶一つじゃ間に合わないって、友三さん、さっきから何度も水汲《く》みに来てたから、うちの桶も持ってきたんですよ」

おはまも声をひそめた。

「友三さん、こういう時は、一人で抱え込まないで、わたしたちに知らせて下さいよ」

又十郎が囁《ささや》くと、

「ほら、わたしが言った通りだろう。住人はお互い様なんだからね」

おはまが小声で諭すと、友三は小さく頷《うなず》いた。

「いま、何刻だろうね」

又十郎が尋ねると、

「もうすぐ九つ（十二時頃）だよ」

おはまが返事をくれた。

又十郎は、一刻（約二時間）以上も寝ていたことになる。

「今夜はわたしが傍《そば》に付くから、友三さんは少しでも寝るといいよ」

「おはまさん、それならわたしが」

又十郎が口を挟むと、

「香坂さんは仕事抱えてるんだから、寝た方がいいね、もうすぐ日が替わる刻限ですから」

そういうと、明日は急ぎの仕立て直しの仕事はないからと、おはまは頷いた。

友三が水を満たした桶を持ち上げると、おはまはもう一つの桶を持ち上げ、

「香坂さん、友三さんの家の戸を」

顎《あご》を動かして、路地の方を指し示した。

又十郎は合点して、喜平次の家のひとつ先の友三の家の戸を、そっと開けた。

桶を持った友三とおはまが忍び足で家の中に消えると、外に立った又十郎は戸を閉めた。


日の出前だが、『源七店』の井戸端は既に白んでいる。

六つの鐘が鳴るまで、あと四半刻という頃おいだろう。

又十郎が、喜平次と並んで顔を洗っていると、

「おはようございます」

富五郎の先に立って出て来た娘のおきよが、井戸端で足を止めて、朝の挨拶《あいさつ》をくれた。

「おはよう」

又十郎と喜平次が口々に応《こた》えると、

「香坂さん、昨夜、夜中に起き出したそうで」

富五郎が、労《いた》わりの言葉を向けてくれた。

「昨夜、何があったんだい」

喜平次がきょとんと見回した。

おていが熱を出したので、おはまが友三の家に泊まり込んで看病に当たったと又十

郎が説明すると、

「おれも叩《たた》き起こしてくれればよかったのに」

と、口にした時、桶を手にしたおはまと友三が相次いで井戸端に現れた。

「どうなんだい」

富五郎が問いかけると、

「明け方近くになって、やっと熱は下がったよ」

おはまがほっとしたような声で答えた。

「そりゃ何よりだ。とにかく、おれたちは仕事だ」

富五郎はそういうと、おきよとともに『源七店』の木戸を潜《くぐ》り出て行った。

「どうも、みなさんには、気を揉《も》ませてしまって」

友三が、又十郎と喜平次に小さく頭を下げた。すると、

「それより友三さん、朝餉はどうするんだい」

喜平次が気遣いを見せた。

「今朝は、おきよがご飯も炊いて行ったんで、友三さんの分もあるはずだからなんとかなりますよ」

富五郎が口を挟《はさ》むと、

「そしたら友三さん、夕餉の分はわたしが作ってから仕事に出掛けますから、おてい

さんの傍でのんびりすることだよ」

　又十郎は、そう言って、料理方を請け合った。

『源七店』の路地は、真上近くからの日射《ひざ》しに輝いている。

　その照り返しが、家の流しで鱸《すずき》を捌《さば》く又十郎の顔を幾らか熱くした。

　だが、夏の日射しに比べたらどうという熱さではない。

　又十郎はふと、包丁を俎板《まないた》に置くと、開け放した戸から路地に出て、七輪《しちりん》に載せていた鍋《なべ》の蓋《ふた》を取った。すると、里芋と烏賊《いか》の煮付けの、いい具合に煮えた匂《にお》いがぷんと鼻を突いた。

　蓋をした鍋を七輪から下ろして家の中に運び入れ、板張りの鍋敷きに置くと、水の入った鉄瓶《てつびん》を持って、火の残っている路地の七輪に掛けた。

　すぐに、家の流しに戻って包丁を持つと、

「香坂様のお住まいはこちらでしょうか」

　戸口から男の声がした。

「そうだが」

　流しを離れた又十郎は、包丁を手にしたまま男の前に立った。

「突然申し訳ありませんが、わたしは、猿蔵《さるぞう》と申します」

装《な》りも物言いもお店者《たなもの》としか見えない三十ほどの男は、丁寧に名乗った。

「今はちと、名は憚られるのですが、わたしどもの主《あるじ》が、是非にも香坂様にご足労願えないかと申しているのでございます」

「主とは、どなたかな」

「おいでいただけたなら、お分かりになると存じますが」

「申し訳ないが、いま、どこの誰《だれ》とも知れないお相手に会いに行く暇はないのだよ。長屋の住人にと、食べ物をこさえている最中なのでな」

又十郎は手にしていた包丁を猿蔵に見せた。

そう口にしたものの、その実、わけのわからない呼び出しを警戒する気持ちもあった。

「香坂様、わたしらのことは構うことはありませんから、どうか出掛けておくんなさい」

土瓶を手に路地に出て来た友三が、又十郎に向かって声を掛けた。

「友三さんは気にすることないんだよ」

又十郎が笑みを見せると、友三は小さく頭を下げて井戸へと向かった。

すると、重三《しげぞう》を伴った太吉《たきち》が、木戸から飛び込んで来るのが見えた。

「なにか用があったのかい」

猿蔵の傍に立った十五の太吉が、又十郎に向かって大人びた口を利いた。

「おう」

又十郎は、大きく頷いた。

「お取込みのようですので、また改めて伺うことにいたします」

丁寧に辞儀をすると、猿蔵は踵《きびす》を返して木戸の方へと去って行った。

「取りあえず、中に入るがいい」

外の二人に声を掛けると、又十郎は流しに立って手を洗い始めた。

今朝、井戸端で顔を洗ってすぐ船宿『伊和井』に出掛けて行く喜平次に、船で波除《なみよけ》稲荷《いなり》の方に行くようなついでがあれば、太吉に会って『源七店』に来てくれるよう伝えてほしいと頼んでいたのだ。

「しかし、重三も来てくれるとはな」

框《かまち》に並んで腰かけた二人に、又十郎は笑みを向けた。

「うん。香坂さんに呼ばれたと言ったら、こいつも行きたいと言うからね」

太吉の説明に、重三は相槌《あいづち》を打った。

初めて会った時分、十四の重三は喜怒哀楽の感情を顔に出さない少年だった。

目つきには人を信用していないような険があったのだが、このところ、少しだが顔付きが穏やかになっている。

「南小田原町《みなみおだわらちょう》の筧《かけい》さんの様子はどうなんだ」

太吉を呼んだ理由の一つは、このことだった。

「なにか変わりはないか」

「ある」

太吉は、あっさりと言いきった。

「筧さんは夜遊びも出来ないと言って、一日中暇をもてあましているもんだから、この間から、三五郎《さんごろう》さんに習って、鯵《あじ》や鰯《いわし》を開くのを手伝ってる」

三五郎というのは、又十郎も太吉ら孤児《みなしご》たちも世話になっている、木挽町《こびきちょう》築地《つきじ》の南小田原町の漁師である。

「釣りも魚捌きも得意な香坂さんには負けられないとかなんとか言って、張り合ってるよ」

太吉はそう言う。

魚の天日干しも町内の女衆に混じってやっているが、その姿は到底武家には見えないと、重三と顔を見合わせて笑い合った。

「筧さんのあの風貌《ふうぼう》は、どう見たって食い詰め者だよ」

とも太吉は言う。

「ほら、おくまさんのこと」

小さく声にした重三が、そっと太吉を突《つつ》いた。

「お、そうそう。二年前、漁師だった亭主に死なれた、おくまさんていう年増《としま》女が二丁目にいるんだけど、筧さん、その人に気に入られて、洗濯してもらったり、飯も分けてもらったりしてるんだよ」

そう言って、太吉はふふふと笑った。

「それで、筧さんはどうしてる」

「太ってる者同士、気が合うのか、目尻《めじり》下げてる」

太吉の言葉に、重三が大きく頷いた。

「なるほど、眼《め》に見えるようだ」

又十郎も思わず笑い声を洩らしたが、

「そうそう」

すぐに気を取り直すと、もう一つ頼みがあって来てもらったのだと、おていの病のことを太吉たちに話した。

『源七店』の住人の殆《ほとん》どは、昼間仕事に出掛けて、長屋にいるのは大家の茂吉《もきち》だけになる。その茂吉も、大家としての務めもあり、家を空けることもある。

そうなると、おていの面倒を見たり家の用事をしたりするのは、友三一人になる。

「夕刻になれば誰かが帰って来るから、人の居ない昼間だけ、お前たちの仕事の合間、手の空いた者がいたら、ここにきて、友三さんの用事を聞いたり、何かあれば船宿『伊和井』のわたしに知らせに走ったりしてもらいたいんだよ」

「あぁ、それくらい、おれたちが交代でやっつけてやるよ」

太吉は、即答して胸をそびやかした。

「ここに居る間、疲れたり眠くなったりしたら、この家で横になってもいいのだぞ」

「あ、言われなくてもそうするつもりだから」

太吉は、重三と顔を合わせて頷き合った。

「助かる」

又十郎は、少年二人に向かって首《こうべ》を垂れた。

「あ、そうそう。香坂さんに伝えてもらいたいって、筧さんに言付かったことがあるんだ」

太吉は、少し声を低めた。

思わず、又十郎は身を乗り出した。

「浜岡藩《はまおかはん》の江戸上屋敷が、ぴりぴりと張り詰めているらしいよ」

「それは」

又十郎が声をひそめた。

「そのわけは、分からないらしい」

太吉から思いもよらない話を聞いて、又十郎は小さく唸《うな》った。

刻限は五つ（八時頃）を少し過ぎた時分である。

遅番の勤めを終えた又十郎は、船宿『伊和井』の板場を後にしたばかりだった。

大川端《おおかわばた》の方から聞こえた新内《しんない》の爪弾《つまび》きに誘われるように、つい空を見上げてしまった。

三日月は、四、五日前より幾分肥えたように見えた。

一軒の平屋の屋根に、月が半分隠れている。

又十郎が、表通りの方へ足を向けた時、

「いま、お帰りで」

第六天社《だいろくてんしゃ》の境内《けいだい》から出て来た人影が、声を掛けた。

道端の雪洞《ぼんぼり》や近所の料理屋から零れ出た明かりに浮かび上がった顔は、昼間、『源七店』に現れた猿蔵と名乗った男であった。

「主が、何としてもお会いしたいと申しますもので、こうしてお待ちしておりました」

猿蔵は腰を折った。

「主が、どこの何者かは、言えぬのか」

「すぐ近くで待っておりますので、付いて来ていただければ、すぐにお分かりかと存じます」

猿蔵の物言いは丁寧ながら、必死さが窺《うかが》えた。

「よかろう」

又十郎が求めに応じると、

「こちらです」

猿蔵は、表通りとは反対の、大川端の方へ足を向けた。

先刻流していた新内はどこかの小路に消えたらしく、三味線《しゃみせん》の音は遠ざかっている。

川端に突き当たった所を曲がった猿蔵は、代地《だいち》河岸《がし》に横付けされた屋根船の前でしゃがみこみ、

「お連れいたしました」

明かりの灯《とも》る障子戸の中に声を掛けた。

すると、中から障子を開けた男が、ゆっくりと頭を下げた。

思いがけない男の顔に、又十郎は瞠目《どうもく》した。

「いつぞやお目にかかりました、『備中屋《びっちゅうや》』の作右衛門《さくえもん》でございます」

『備中屋』の主は、自ら名乗った。

二

ほんの少し前に岸を離れた屋根船は、大川をゆっくりと遡《さかのぼ》っているようだ。

船べりを叩く水の音は柔らかく、動いているような気がしない。

櫓《ろ》を漕《こ》ぐ船頭の腕が良いのかもしれない。

又十郎は、酒肴《しゅこう》の並んだ膳を挟んで作右衛門と向かい合っている。

二つの行灯《あんどん》が点《つ》いて、船中は結構明るい。

「半刻ばかりしたら、ここで待つよう」

又十郎が船に乗り込むと、作右衛門は猿蔵にそう言い残して、岸辺から船を離れさせた。

船中で二人だけになると、突然呼び出したことをひとしきり詫《わ》びて、

「おひとつ」

作右衛門が徳利を差し出したが、

「よく知らぬ相手の勧めるものは、用心することにしているのだが」

又十郎は、笑みを浮かべてやんわりと断った。

「香坂様とは以前、江戸屋敷お目付《めつけ》の嶋尾《しまお》様から、本郷《ほんごう》の玉蓮院《ぎょくれんいん》で引き合わせていた

だいておりますが」

「それは覚えているが、よく知った間柄とは言えぬ」

苦笑を浮かべた作右衛門は、掴《つか》んでいた徳利を己の盃《さかずき》に傾けた。

「なるほど」

そして、鷹揚《おうよう》に一口酒を含んだ。

「しかし、香坂様がまさかあの船宿『伊和井』で包丁の腕を振るっておいでだとは、つい最近まで知らぬことでございましたよ」

「あの、とは」

思い当たることはあったが、又十郎はとぼけた。

作右衛門は腕のいい船頭を雇おうとして、『伊和井』の船頭、喜平次に食指が動いたことを、打ち明けた。

そのことは、又十郎が思っていたほどの隠し事ではなかったようだ。

喜平次を引き抜こうと接近している頃、『伊和井』の女将《おかみ》、お勢《せい》と共に出て来た男の頰《ほお》に火傷《やけど》の痕《あと》を見かけていたのだが、その男が作右衛門だったことは、玉蓮院で顔を合わせた時に初めて知ったのだ。

「今、『伊和井』の板場にいることは知らなかったと口にしたが、そちらはわたしの何を知っておられるのか」

ふと気になって、又十郎は問いかけた。

作右衛門は、ほんのわずか思案すると、

「国元で、同心頭《どうしんがしら》を務めておられたこと。その香坂様が、義弟、兵藤数馬《ひょうどうかずま》様追討の藩命を帯びて、浜岡から出られたこと」

と、静かな口調で話し出した。

「義理の弟御を討ち果たされたのち、脱藩者との沙汰《さた》を受けて帰国もならず、嶋尾様の指示の下、江戸に留《とど》まらざるを得なくなった経緯《いきさつ》も存じております」

「数馬を討ち果たしたことまで知っているのか」

「はい」

作右衛門の口から、静かな声が返って来た。

藩商とも言える『備中屋』が、国元や江戸の藩の重役と親密だろうということは想像出来ていたが、又十郎が受けた藩命の顚末《てんまつ》まで知っているとは驚きであった。

それは、『備中屋』が藩政の奥深くまで食い込んでいるという証《あかし》なのかもしれない。

「浜岡藩の中枢と『備中屋』は、抜け荷に手を染めているという噂《うわさ》を耳にしているが、それは、まこと噂に過ぎんのかな。どうだ」

「さて、どう申し上げればよいのか」

「公儀や長崎《ながさき》会所あたりが、浜岡藩に抜け荷の疑いありと、密《ひそ》かに調べているようだが、それは、『備中屋』にも由々《ゆゆ》しきことだろう」

「いかにも。わたしどもにとりましても、浜岡藩にとりましても」

「ならば、浜岡藩の家臣の誰かが、抜け荷の疑惑を調べていると知ったら、藩はその者をなんとするのかねぇ」

又十郎の質問の真意を測るように、作右衛門は押し黙った。

「それが、勘定方の兵藤数馬だと知ったら」

畳みかけた又十郎は、作右衛門の顔にぴたりと眼を留めた。

「なるほど。香坂様は、わたしどもが藩と図って兵藤様を亡き者にしたとお思いでしたか」

「違うというのか」

「いいえ。藩のご意向に否やを申し上げることなど、わたしどもには出来なかったということでございます」

「なにも言わなかったということは、数馬殺しを見逃したのと同じではないか」

「そうお思いになられても、仕方のないことで」

作右衛門が、深々と両手を突いた。

そして、

「『備中屋』は、浜岡藩では新参の廻船《かいせん》問屋でございました」

手を突いたまま、淡々と話し始めた。

「浜岡で二代、三代と続いていた老舗《しにせ》の廻船問屋『丸屋《まるや》』さん、『岩田屋《いわたや》』さん、『戸波屋《となみや》』さんと肩を並べ、あわよくばそれを凌《しの》ぐ商いを目指すには、藩のご重役に近づくことが肝要だと、思い至ったのです」

作右衛門の言う重役とは、国家老の本田織部《ほんだおりべ》、船奉行の垣内勘斎《かきうちかんさい》、勘定奉行の都築《つづき》彦右衛門《ひこえもん》、それに、江戸家老の真壁蔵之助《まかべくらのすけ》あたりだろう。

作右衛門は、いざ、重役に近づいてみると、浜岡藩の財政が逼迫《ひっぱく》していることを驚きを以《もっ》て知ったと、話を続けた。

藩主の松平忠熙《まつだいらただひろ》は、八年前に、徳川《とくがわ》幕府の老中職に就いたのだが、それに伴い支出は更に増えたという。

贈られてくる金品も多いが、老中職ともなると、それ以上に出費がかさむのだと、本田家老などに嘆かれたとも作右衛門は打ち明けた。

将軍家や大奥へ献上する金品の額は、半端ではなかった。

松平姓をいただく徳川親藩であり、老中職にあるという家格を示すためにも、屋敷の修繕や手入れを怠るわけにもいかなかった。

そこまで話をすると、作右衛門は両手を上げて、又十郎と向き合った。

「そこで、国元や江戸屋敷のご重役の皆様から、藩の財政を豊かにする手はないかとの相談を承ったのでございます」

「そこで抜け荷を持ちかけたわけか」

「香坂様、藩政の中枢におられる皆様方が、わたしどもの言い分を軽々しくお聞きになると思われますか」

作右衛門の問いかけに、又十郎は小さく首を傾げた。

「ご重役の皆様方には、抜け荷で利を得る絵図が既にあったのでございますよ。後々面倒なことになることを恐れ、抜け荷の案は『備中屋』から出たという形になさりたかったのです。『備中屋』が浜岡藩内で確固たる存在になるには、この機を逃してはならないと、わたしは決心したのでございます」

作右衛門は、相談を持ち掛けて来た本田家老らが腹の中で望んでいた通り、抜け荷を口にした。

薩摩《さつま》や琉球《りゆうきゆう》など西国の諸藩の例を持ち出し、異国との瀬どり交易の仕方も披瀝《ひれき》して、家老たちの了解を得たという。

日本からは銅や刀剣を売り、異国からは、生糸、反物、べっ甲、沈香《じんこう》はじめ、人参《にんじん》、黄脳、大黄《だいおう》などの薬草、砂糖や鉱物を船に積み込み、大坂や江戸など大都の商人に高値で売った。

その結果、二、三年で藩の財政は潤い、国家老の本田や江戸家老の真壁蔵之助は財政立て直しの功労者として藩主の覚えがめでたくなった。

それによって、二代前の藩主に従って上州《じょうしゅう》から浜岡に来た家臣団の子孫である、本田や真壁らが人事権を掌握して、馬淵《まぶち》家、今中《いまなか》家など、浜岡生え抜きの家臣団を藩政の中枢から外すことに成功したのだと語って、作右衛門は小さく息を継いだ。

「ところが、そんな藩政の在り様に疑問と危惧を抱く声が、若い家臣たちから出るようになり、藩政改革の機運が芽生えたのが、この一、二年のことでして」

作右衛門はそう付け加えた。

国元で中心になって声を上げたのが、義弟の数馬や、祐筆《ゆうひつ》の山中小市郎《やまなかこいちろう》ら若手藩士たちだった。

その機運が江戸屋敷にも伝播していることを知った藩が、江戸の改革派摘発と制圧を、目付の嶋尾久作に一任していることは、すでに又十郎は知っている。

「わたしを呼んだのは、そんな話をするためなのか」

又十郎は、作右衛門の意図が見えず、いささか焦《じ》れていた。

「それとも、嶋尾殿からの指図か」

「いいえ」

作右衛門は凜《りん》とした声で打ち消し、さらに、

「香坂様と会うことを、嶋尾様はご存じではありません。いえ、さらに申せば、あな

た様とお会いしたことは、決して知られたくないのでございます」

そう口にした作右衛門の顔は、厳しく引き締まっている。

又十郎は、作右衛門の口から飛び出す言葉のひとつひとつに戸惑っていた。

「わたしども『備中屋』は、浜岡藩から見捨てられようとしているのでございます」

意表を突く作右衛門の言葉に、又十郎は声を失ってしまった。


屋根船が舳先《へさき》を旋回させた時、突然小さく揺れた。

月見の船がすれ違ったものか、その波が、又十郎と作右衛門の乗った屋根船に届いたのかもしれない。

少し前、言葉を失ってしまった又十郎は、

「おひとつ」

と、作右衛門に酒を勧められてつい盃を差し出し、立て続けに二杯を飲んだばかりである。

「それで、その裏切りとは」

又十郎は、改めて作右衛門に問いかけた。

「十日ほど前、野分が吹き荒れて、日本海は大時化《おおしけ》になりまして、諸国の商人の持ち船などが転覆したり岩場に漂着したりということが相次いだのでございますよ」

作右衛門が口にしたことは、先夜、居酒屋『善き屋』で顔を合わせた、霊岸島《れいがんじま》の船人足の丈助から聞いていた。

「わたしどもの持ち船、恵比寿丸《えびすまる》も蝦夷《えぞ》から江戸に向かっている途中、帆柱を折られて、越前国《えちぜんのくに》の小さな入り江で岩礁に乗り上げてしまいました。それは、いいんですが、岩場で立ち往生した恵比寿丸に、突然、越前国鯖江藩《さばえはん》の役人が乗り込んで、積み荷改めをしたのでございます」

作右衛門によれば、役人の積み荷改めの折り、恵比寿丸の船倉から、ご禁制の生糸、香木の沈香、火薬作りに用いる鉱石が出たのだという。

だが、蝦夷を後にした恵比寿丸の積み荷は、俵物と呼ばれる海産物の他に、水の補給などで寄港した羽後能代《うごのしろ》では木材、羽前荘内《うぜんしょうない》では漆器、越中富山《えっちゅうとやま》では綿織物を積み込んでいただけで、役人が見つけたという積み荷には、作右衛門も恵比寿丸の船頭も全く心当たりはなかった。

「恵比寿丸が立ち寄ったどこかの港で、誰かが密かに船倉に忍ばせたとしか考えられないのです」

「誰かとは」

「浜岡藩江戸屋敷の家老に命じられた、お目付」

低いながら、作右衛門の声に凄《すご》みがあった。

お目付とは、嶋尾久作《きゆうさく》のことである。

「このところ、老中の一人、水野《みずの》越前守《えちぜんのかみ》の抜け荷探索は厳しさを増していると聞いております。疑惑のある諸国諸藩には、公儀の探索方が密かに送り込まれているとも言われており、それは、石見国《いわみのくに》の浜岡藩も例外ではないのです」

作右衛門の話に、又十郎は小さく唸った。

同じような話を、数馬からも、目付の嶋尾からも聞いた覚えがあった。

「ご公儀の探索に危機感を抱いた浜岡藩のご重役方は、お家《いえ》の存続に関《かか》わる抜け荷に手を出したことはなんとしても知られてはならないと思われたのでしょう。そのため、徳川家親藩の鯖江藩に、越前に立ち寄った恵比寿丸には禁制品が積まれているとでも密告して、積み荷改めをそそのかしたのだと、わたしは見ております」

「つまり、浜岡藩による、蜥蜴《とかげ》の尻尾《しつぽ》切りだというのか」

「蜥蜴の尻尾なら、また生えることもありますが、わたしどもだけに罪を着せて、『備中屋』を葬ろうとのなさりようが、いささか我慢のならぬところでございます」

作右衛門の物言いは終始淡々としていて、それがかえって怒りの深さを物語っているように感じられる。

「なにゆえ、わたしにこのような話をするのだ」

「『備中屋』の立場を分かっていただいた上で、香坂様にお願いがあるのでございます」

作右衛門はそこでまた、両手を突いた。

「国元の本田家老、江戸家老の真壁蔵之助と申し合わせて奸計《かんけい》を巡らせた江戸のお目付、嶋尾久作様を、香坂様に斬《き》っていただきたいのでございます」

手を突いたまま口にすると、作右衛門は顔を上げて又十郎に眼を留めた。

あまりのことに、又十郎は返す言葉もない。

「もし、頼みを聞いていただけましたら、江戸に下っておられるご妻女ともども、わたしどもの持ち船で、石見国へでも、京、大坂《おおさか》などへでも、お望みのところへ送り届けて差し上げます。そのくらいの手蔓《てづる》は、『備中屋』にはいくらでもございます」

手を上げた作右衛門は、傍に置いていた信玄袋《しんげんぶくろ》の紐《ひも》を緩めると、中から取り出した袱紗《ふくさ》包みを又十郎の前に置いた。

作右衛門が広げた袱紗包みから、切り餅《もち》が一つ顔を出した。

「これは前金の二十五両（約二百五十万円）。願いが成就した暁には、後金として同額を差し上げます」

「わたしは、銭金で人を斬るようなことはせぬ」

「ですが、江戸に参られてから、嶋尾様の指示で何人かを成敗なさったようですが」

「それは、江戸の留守居役、近藤次郎左衛門《こんどうじろうざえもん》様が安請け合いされた事案を、嶋尾殿が仕方なく背負う羽目になったとかで」

「嶋尾様から押し付けられたと——？」

作右衛門に問われて、又十郎は頷いた。

「浜岡藩江戸屋敷の留守居役、近藤次郎左衛門様は、半年ほど前に老衰で亡くなられておりますが」

作右衛門はまたしても、又十郎が驚くようなことを口にした。

近藤次郎左衛門亡き後の留守居役はまだ若く、目付の嶋尾に何かを押し付けるほどの力はないのだとも言い切った。

つまり、近藤次郎左衛門が安請け合いをして抱え込んだ他家の事案の尻拭《しりぬぐ》いをさせられているという体裁をとって、嶋尾は自分の手をわずらわせることなく、又十郎に厄介事を押し付けていたことになる。

この世に居ない留守居役の名を使われていたのに気付かず、嶋尾の思惑に踊らされ続けていた不覚に、又十郎は愕然《がくぜん》とした。

屋根船が、コトリと音を立てて止まった。

先刻乗り込んだ、浅草下平右衛門町《あさくさしもへいえもんちょう》の代地河岸に着いたようだ。

「今一つ申し上げておきたいことがございます」

作右衛門は、立ちかかった又十郎を留めるように口を開いた。

又十郎が座り直すとすぐ、

「嶋尾様が恐れたのは、兵藤数馬様が抜け荷の疑惑を探ろうとなさったことではないのでございます。抜け荷が公儀に知られた時は、先ほどお話しした通り、わたしども『備中屋』一人に罪をかぶせるお積りだったと思います。そのことよりも、兵藤数馬様をはじめとする若手藩政改革派の声が広がり、国元と江戸で一つにまとまることを、嶋尾様は一番恐れていたのでございます」

作右衛門の話すことに、もはや、又十郎はそれほどの驚きを感じなくなっていた。

「抜け荷について、浜岡藩は一切知らなかったことにすれば、公儀としても藩主の罪を問うことは出来ますまい。それよりも、藩政に異を唱える改革派の声が高まって藩内が軋《きし》み乱れれば、それこそ藩主の責任を問われることになり、移封、あるいはお家断絶の憂き目に遭うことにもなるのです。そうなることを阻止するため、嶋尾様は兵藤様を亡き者にと」

内情を晒《さら》す作右衛門の話を知れば知るほど、又十郎は徒労感に襲われていた。

「旦那《だんな》様」

障子の外から、猿蔵と思われる声がした。

「少しお待ち」

外に返事をすると、

「香坂様、この前金の件のお返事を」

作右衛門が、切り餅に手を置いた。

「やはり、断わる」

刀を摑んで腰を上げた又十郎は、自ら、屋根船の障子を開けた。

三

神田川《かんだがわ》北岸は静まり返っていた。

墨《すみ》を流したような川面《かわも》には、常夜灯の薄明かりがはかなげに映っていた。

空に月はない。

神田八軒町に向かっていた又十郎の耳に、四つ（十時頃）を知らせる木戸番の拍子木の音が、遠く近くから届き始めた。

四つになれば、町々の木戸は閉められて不審者は通れないが、この界隈《かいわい》の木戸番と顔見知りになっている又十郎にその心配はない。

和泉橋の袂《たもと》を右へ曲がったところで、又十郎はふと足を止めた。

居酒屋『善き屋』のくすんだ障子紙の中には、まだ明かりが灯っている。

『備中屋』の作右衛門から浜岡藩の内情を聞かされた今夜は、酒でも飲まないと眠れそうにない。

又十郎は思い切って入り口の戸を開けた。

「おいでなさい」

板場を出て、一人で器を片付けていた親父《おやじ》から声が掛かった。

「いいかな」

いつものお運び女も客の姿もないので、伺いを立てると、

「もう火は落としましたので、酒だけなら、冷やでお出しできますが」

「あぁ。酒を一本頼むよ」

そういうと、又十郎は板張りの框に、土間に足を突いたまま腰掛けた。

板場に引っ込んだ親父は、徳利と盃、それに漬物の小皿を盆に載せて、ほどなく出て来ると、又十郎の横に置いた。

「おひとつ」

親父が、徳利を手にして勧めてくれた。

「わるいな」

「なんの」

親父は酌をするとすぐ、板場に戻った。

又十郎は、盃に注《つ》がれた酒を一気に呷《あお》った。

そこへ、親父が戻ってきて、

「店を閉めたら、『源七店』にあなた様を訪ねようと思っていたんですが」

又十郎の前に、結び文を差し出した。

以前も見たことのある文と、結び方がよく似ている。

「ここでお運び女をしていたお由《よし》の使いだという、中間《ちゅうげん》らしい男が来まして、これを『源七店』の香坂又十郎というお人に渡すようにと頼まれました」

親父は、又十郎に手渡すとすぐ、板場に戻った。

結び文は、万寿栄《ますえ》との対面の労を取ると言ったお由からのものに違いあるまい。

結びを解いて開くと、

『明後日　五つ　芝切通《しばきりどおし》　青竜　寺《せいりゆうじ》　万す栄《まえ》』

文面にはそう認められていた。

文字は、前回の結び文と同じ万寿栄の手によるものだと又十郎は確信した。

芝の増上　寺《ぞうじようじ》に隣接する青竜寺は、時の鐘が撞《つ》かれる寺である。

二日後の九月七日の五つに、西久保《にしくぼ》神谷《かみや》町《ちよう》の大谷《おおたに》家老屋敷から目と鼻の先にあるその寺に、万寿栄とお由が来るということだろう。

手酌をして、一気に飲み干した又十郎が、徳利に伸ばした手を、ふと止めた。

「親父さん」

声を掛けると、板場から親父が出て来た。

「ちと尋ねるが、お由さんの使いはどうして『源七店』ではなく、ここにこれを届けに来たのだろうか」

解いた結び文を親父に見せた。

「一度は行ったようですが、『源七店』はなにやら慌ただしいうえに、医者までやって来たようです。あたしんとこに持って来た使いは、何かの時は『善き屋』にと、お由からそう言いつかっていたそうでして」

親父の声が終わるのも待たず、又十郎は急ぎ腰を上げた。

酒代を置いて『善き屋』を飛び出した又十郎は、小路の角をひとつ曲がって『源七店』の木戸を潜った。

いつもなら、五つを過ぎた『源七店』は暗く寝静まっているのが常である。

ところが今夜は、木戸に近い大家の茂吉の家や、隣りの富五郎一家の家、井戸端近い喜平次の家に、その隣りの友三の家にも明かりが点《つ》いていた。

友三の家の戸が開いて、手桶と土瓶を手にしたおはまが路地に出て来ると、

「香坂さん、どこかに寄り道でもしてたんですか」

と、声をひそめた。

「帰りがけ、ちょっと急用が」

「半刻前、おていさんがとうとう、息を引き取ったんですよ」

おはまが、又十郎の言い訳を遮るように告げると、吐息を洩らし、

「わたしは水を汲んで来ますから、ともかく、おていさんの顔を見ておあげなさいよ」

言い置いて、おはまは井戸へと向かった。

「いま、おはまさんに伺いましたよ」

又十郎が友三の家の土間に足を踏み入れると、白布をかけられて横になっているおていの傍にいた富五郎、その娘のおきよ、そして友三が顔を向けた。

北を枕《まくら》に寝ている亡骸《なきがら》の前の質素な祭壇では、蠟燭《ろうそく》が燃え、線香が煙を上げている。

土間を上がった又十郎は、祭壇の前に座ると両手を合わせた。

「友三さん、おていさんの顔を」

又十郎が声を掛けると、友三は黙っておていの枕元に膝《ひざ》を進めて、白布を取った。

「おていさん、安らかな顔をしてますよねぇ」

富五郎が、感じ入ったような声を洩らした。

「そうだねぇ」

又十郎は、そう返事をして頷いた。

富五郎の言うように、おていの顔は安らかであった。

だが、この四月に『源七店』の住人となった又十郎は、おていの顔をちゃんと見た記憶がなかった。

友三の家に足を踏み入れることもまれであったし、病がちのおていは板張りの奥に敷かれた布団で寝ているか、起きて座っていても、まともに向き合って言葉を交わすことはほとんどなかったのだ。

土間に入って来たおはまが、水桶と土瓶に入れてきた水を、流しの脇《わき》の水甕《みずがめ》に注ぎ入れた。

そして、竈《かまど》の前にしゃがみこんで、残り火の上に焚《た》き付けを放《ほう》り込んだ。

するとすかさず、おきよが、鉄瓶に水を汲んで竈に載せた。

「おていさんは、急だったのかね」

又十郎は友三に声を掛けた。

「いやぁ、おていの奴《やつ》、香坂さんが用意してくれた飯を口にしてから、いつも通り寝たんですがね」

そう答えた友三は、おていの様子が変わったのは、夕刻になってからだと続けた。

それまでおていの様子は穏やかだったので、『源七店』に詰めていた太吉と重三を送り出すと、路地に出て、夜鳴き蕎麦《そば》の屋台の支度を始めたという。

六つの鐘が鳴り終わってから、家の中に戻ると、苦しげなおていの息遣いに気付いた。

「友三さんから知らされておていさんの様子を見に行くと、やっぱり変だから、大家さんに頼んで医者を呼んでもらったり、帰って来たばかりのおきよには湯を沸かさせたりしたんだけど」

そこまで話して、おはまは息を継いだ。

富五郎や喜平次も仕事から戻って来て、食べ物の支度や、湯沸かしに奔走したのだが、五つの鐘が鳴った後、静かに息を引き取ったのだと、おはまは話し終えた。

その時、慌ただしい足音が近づいて来て、二つの影が路地から土間に飛び込んできた。

「ほら、あそこだ」

飛び込んできた喜平次が、土間に突っ立ったお篠《しの》に、北枕のおていの方を指さした。

「お篠ちゃん」

おはまに促されて、土間で固まっていたお篠はやっとのことで下駄を脱いで上がり、おていの枕元に座り込んだ。

くくく、小さな嗚咽《おえつ》を洩らして項垂《うなだ》れたお篠の背中が、小刻みに上下し始めた。

黙って座っていられないようで、友三は土瓶に茶の葉をいれて、みんなに振る舞うべく茶の支度にとりかかった。

「おじさん、それはわたしがやるから」

今年十五のおきよが友三を制して、おていの傍にいるよう、手で指し示した。

「ご亭主は」

富五郎が、ちらとお篠を見て、小声で喜平次に尋ねる。

「いなかったから、お篠さんが大家に事情を話して出て来たよ」

喜平次の返事に、富五郎は小さく頷いた。

「あ、降り出した」

おきよが、ぽつりと口にした。

家の中の者たちが耳を澄ますと、屋根に落ちる雨音が家の中に忍び込んだ。

「明日雨なら、船は出せねぇな。そうなったら友三さん、弔いはおれが付き合うからね」

喜平次がそういうと、くくくと、お篠の嗚咽が先刻より大きくなった。

『源七店』には、前夜からの雨が昼過ぎまで降り続いている。

烈《はげ》しい雨ではない。

しとしとと、歯切れのよくない降り方である。

友三の家の中には、白布の掛けられた祭壇に白木の位牌《いはい》が置かれ、香華が供えられている。

おていの亡骸は、朝方、『源七店』の家主である蠟燭屋『東華堂《とうかどう》』の主人、源七の口利きで、本郷の興安寺《こうあんじ》に運び、そこで弔いを済ませた。

祭壇の前には、寺から帰って来た又十郎や喜平次、それに、おはまと友三、少し離れたところにお篠がいて、茶を啜《すす》りながら住人が持ち寄った皿や丼《どんぶり》に盛られた煮物、握り飯などを食べている。

煮物と握り飯は、急ぎ『東華堂』の主人から差し入れられたものだった。

おはまの亭主の富五郎と、娘のおきよは、今朝、『源七店』を出て行く棺桶《かんおけ》を見送ると、仕事へと向かった。

又十郎と喜平次は、この日、船宿『伊和井』の勤めを休んでいる。

六つ前に船宿『伊和井』に行った喜平次が、『源七店』の弔いの件を伝えて、又十郎共々休むことは、女将のお勢から了承を得ていた。

雨音に混じって、八つ（二時頃）を知らせる鐘の音がした。

鐘が八つを打ち終わるとすぐ、路地のどぶ板を踏む足音が近づいて来て、友三の家の外で止まった。

すっと戸が開くと、外に破れ傘を立て掛けた髭面《ひげづら》の男が、草履を履いた足を土間に踏み入れた。

「集まってやがるな」

そう呟《つぶや》いた髭面の男は、酒に酔ったような目つきで、家の中に居た者たちをじろりと見回した。

「祥五郎《しょうごろう》さん」

髭面の男の顔を見て、おはまが呟いた。

その声に顔を上げたお篠が、

「あんた」

押し殺したような声を発した。

入って来たのはお篠の亭主の祥五郎だった。

「やいお篠、おっ母《か》さんの姿がねぇじゃねぇかい」

祥五郎は、又十郎と喜平次に近い土間の框に半身になって腰掛けると、片方の足の膝にもう一方の足を乗せた。

「おっ母さんは、今朝、野辺の送りを済ませて、お寺のお墓に埋めたのよ」

「ほう、手回しが良すぎるんじゃねぇか。おっ母さんは、誰かに絞め殺されて、その跡形を隠すために、早々に埋められてしまったんじゃあるめぇな」

祥五郎は、集まった一同を見回すと薄笑いを浮かべた。

「お世話になった皆さんに向かって、なに馬鹿なことを言うんですか。いい加減にしておくれ」

お篠が鋭い声を向けると、

「そうだよ、誰がおていさんを殺したっていうんだよっ」

おはまも眼を吊《つ》り上げた。

「娘に家を出られた爺さんにすりゃ、病人の世話もしなきゃならねぇから、これは応《こた》えるだろうぜ」

そう口にした祥五郎の眼が、友三に向けられた。

「てめぇ」

低く唸った喜平次が、袖《そで》を捲《まく》り上げて立ち上がった。

「なんだい船頭、おれに文句でもあるのか」

「表に出ろっ」

啖呵《たんか》を切って土間に向かいかけた喜平次を、

「やめろ」

又十郎は腕を摑んで引き留めた。

「出てやろうじゃねぇか」

立とうとした祥五郎は、足をもつれさせたのか、少しふらついて框に尻もちをつくと、がくりと首を折った。

「ごめん下さいまし」

開いた戸口の外で声を掛けたのは、蠟燭屋『東華堂』の手代、和助《わすけ》だった。

「友三さん、『東華堂』の和助さんが見えたが」

又十郎の声に、友三とお篠は、さり気なく居住まいを正した。

畳んだ傘を表に立て掛けた和助が土間に立つと、

「大家の茂吉さんから聞きましたが、『東華堂』の旦那には、墓の事ではお世話になりまして」

友三が手を突いた。

「店子《たなこ》の不幸はわが身の不幸というのが、常々主が口にすることですから、どうかお気遣いなく」

和助は、懐《ふところ》から出した紙包みを友三の前に置き、

「それと、これは、『源七店』の皆さんの精進落としにお使いくださいと、主から預かって来たものでございます」

「それは、ご丁寧に」

お篠が、深々と平伏した。

「それでは」

和助は一同に軽く辞儀をすると、路地へ出て、傘を広げて歩き去った。

「せっかくのご厚意だ、有難くいただこうじゃねぇか」

祥五郎が、和助の置いた紙包みを掴んだ手に、又十郎は手刀を叩き込んだ。

「いてっ」

引っ込めた祥五郎の手から離れた紙包みが板張りで開き、一両小判が顔を覗《のぞ》かせた。

それを拾った喜平次が、すぐに友三の手に握らせた。

「やいお前たち、人が死んだのをいいことに押しかけて、茶飲んだり煮しめを食ったり、このあとは酒にでもありつこうって魂胆だろう。少しは線香代持って来たのかよ」

「お前さんやめてっ！」

お篠は叫んで、両手で顔を覆った。

「この野郎っ」

凄みを利かせて立ち上がった喜平次に、ぎくりと後退《あとじさ》った祥五郎は、

「いいかお篠、帰って来る時ぁ、こいつらから線香代、飲み食いの金を引き出してこいよ」

悪態をついて路地に出ると、手にした破れ傘を振り回しながら、ふらふらと木戸へと向かった。

「おはまさん、喜平次さん、すみません」

それ以上声が続かず、お篠は顔を覆うと、泣き声を洩らした。

みんなに背を向けて、がくりと項垂れている友三を見て、おはまは切なげなため息を洩らした。


板張りで眼を覚ました時、『源七店』はすっかり暗くなっていた。

ゆっくりと上体を起こした又十郎は、膝を立てて行灯に這い寄ると、火打石を叩いて明かりを点けた。

土間に下りて、柄杓《ひしゃく》で甕の水を汲むと、口に含んだ。

土間に足を付けたまま框に腰掛けた又十郎は、小さく伸びをした。

ひと眠りしたせいか、酒も抜けて体が軽くなっている。

夕刻、祥五郎が悪態をついて立ち去った後、住人たちと精進落としをしたいと言い出して、友三が『東華堂』から貰った一両を差し出したのだ。

雨も上がったばかりで、その場にいた又十郎や喜平次、それにおはまも語らって、おていを賑《にぎ》やかに極楽に送ろうと話はまとまった。

おはまと喜平次が酒と料理を大量に買い込んだが、友三が出した一両の殆《ほとん》どは残った。

仕事を終えて帰って来た、富五郎とおきよ、それに大家の茂吉も加わって精進落としの飲み食いが始まったのは、六つの鐘が鳴るのと同じ頃おいだった。

とりとめのない話に終始した精進落としの飲み食いは、五つに散会となった。家に帰るなり、転寝《うたたね》をしてしまったようだ。

框から腰を上げた又十郎は、戸を開けて路地を覗いた。

喜平次と茂吉の家の障子戸に明かりが見えるが、刻限は分からない。

今夜は『源七店』に留まるようおはまや喜平次に諭されたお篠は、又十郎の向かいの空き家で寝ることになったが、すでに寝てしまったのか、家の中に明かりはなかった。

又十郎は、少し空腹を覚えた。

戸を閉めて、板張りの隅に置いてある鍋の蓋を取ると、煮物や酢の物の小鉢があった。

精進落としの食べ物が余ったので、みんなで分け合って家に持ち帰ったものである。

行灯の傍に運ぼうと鍋を持ち上げた時、

「香坂さん」

音もなく戸を開けた喜平次が、

「友三さんの姿が見えないんですよ」

密やかな声を出した。

「いま、何刻だ」

「五つ半（九時頃）過ぎですよ」

返事をした喜平次は、ほんの少し前まで、物音がしていたが、たった今、厠《かわや》からの帰りに友三の家を覗いたら、いなくなっていたと言う。

「喜平次、三光新道《さんこうじんみち》のお篠さんの家まで案内してくれんか。以前送り届けたが、道順がうろ覚えでな」

そう言いながら、又十郎は立てかけていた刀を摑んだ。

「お篠さんなら、この向かいに」

言いかけた喜平次が、小さく息を飲んだ。

「友三さんは、祥五郎に会いに――？」

「もしかするとな」

急ぎ土間の草履に足を通した。

『源七店』にやって来て悪態をついた祥五郎の振る舞いに、顔を引きつらせていた友三の思いつめた様子が、又十郎には気懸《きがか》りだった。

四

小伝馬町《こでんまちょう》にある牢《ろう》屋敷の東を南へ伸びる道は、市中引き回しの罪人の通る往路だと聞いている。

引き回しの列は、通旅籠町《とおりはたごちょう》の四つ辻《つじ》で右に折れて江戸橋《えどばし》へと向かうのだが、喜平次と、すぐ後ろに続いていた又十郎は、四つ辻をまっすぐ突っ切って、人形町通《にんぎょうちょうどおり》へとひたすら南に向かった。

神田八軒町の『源七店』を出てから、まだ四半刻も経っていない。

宝暦《ほうれき》年間から続くという鶏《とり》料理屋の手前の四つ辻を右に曲がれば楽屋新道《がくやしんみち》で、文字通り、芝居小屋や芝居茶屋が建ち並ぶ葺屋町《ふきやちょう》、堺町《さかいちょう》という芝居町が近い。

三光新道は、左に曲がった先である。

喜平次は、三光稲荷の前を通り過ぎてすぐのところにある路地の入り口で、足を止めた。

「お篠さんの長屋『金助店《きんすけだな》』は、この先です」

喜平次が指をさしたのは、三光稲荷に沿った路地の奥である。

「『金助店』に通じているのは、この道だけか」

声を低めて尋ねた又十郎に、

「いや、奥の長谷川町《はせがわちょう》の方からも、右手の方からも狭い道が繋《つな》がっていたと思います」

喜平次も小声で答えた。

「もう少し、『金助店』に近づきたいな」

又十郎が呟くと、喜平次は、小さく頷いて先に立った。

芝居が終わってから大いに賑わう芝居茶屋があるせいか、近隣の料理屋、居酒屋の他にも、屋台の団子屋、蕎麦屋、天ぷら屋などの掛け行灯や提灯《ちょうちん》が明かりをつけており、細い路地の奥にも、光のおこぼれが流れ込んで来ていた。

「あれが『金助店』です」

庇の突き出た平屋の軒下に潜《ひそ》んだ喜平次が、木戸の奥に見える二棟の棟割長屋を指し示した。

「お篠さんの家は、右の棟の一番手前だったな」

又十郎は、声を低めて眼を凝らしたが、その家に明かりはなく、長屋で騒動が持ち上がったような気配もない。

友三が祥五郎の元に押しかけたと思ったのは、思い過ごしだったのだろうか。

「おれたちは急いだから、友三さんを追い越したのかもしれないね」

そう口にした喜平次に、又十郎は頷いた。

四半刻くらい待って、なにも無ければ引き揚げることに話は決まった。

刻限は、ほどなく四つになる時分だろう。

芝居町あたりで湧きあがっていたぞめきも、潮が引くように少しずつ静かになっている。

どこかで、犬の遠吠《とおぼ》えがした。

さらに、拍子木《ひょうしぎ》の音が鳴り響いて、四つを告げる木戸番の声もする。

その時、左手の暗い路地から覚束《おぼつか》ない足取りの人影が現れて、『金助店』の木戸へとふらふらと向かった。

顔ははっきりと見えないが、昼間、『源七店』に現れた祥五郎が着ていたのと同じ、柿《かき》色の地に黒の弁慶格子《べんけいごうし》の柄である。

弁慶格子の人影は、『金助店』の木戸に片手を伸ばして体を支えながら、奥へと向かう。と、弁慶格子の背中が、ぎくりと足を止めた。

その直後、弁慶格子の人影が、もう一つの人影と揉み合う様子が目に留まった。

「野郎っ、なにしやがる」

その声は、聞き覚えのある祥五郎の声だった。

もう一つの人影は、『金助店』の路地の奥で待っていたようだ。

「喜平次」

又十郎が、『金助店』の木戸へと駆け出すと、すぐ後に喜平次も続いた。

行く手の木戸の辺りで揉み合っていた二つの影のひとつが、何かに躓《つまず》いたように足をもつれさせ、背中から倒れた。

又十郎が喜平次と共に木戸に駆け付けると、立っていたひとつの影は、両肩を上下させている友三だった。

「やっぱり、祥五郎ですよ」

又十郎は木戸の柱の近くに仰向けに倒れている祥五郎に眼を落とした。

倒れた祥五郎の近くに、血の付いた一本の鑿《のみ》が落ちている。

又十郎はしゃがみこんで、祥五郎の口元に掌《てのひら》をかざしたが、息はない。

着物の合わせから手を差し込んだが、心の臓に鼓動はなかった。

「死んでる」

又十郎が呟いて、顔を上げた。

同時に、『金助店』の住人と思《おぼ》しき人影が五つ、声もなく木戸近くに集まっているのに気が付いた。

「祥五郎がまた、『金助店』の誰かと揉めてると思って引っ込んでいたんですが」

人影の一人が、恐る恐る口を利いた。

「祥五郎は、死んだよ」

喜平次の声に、集まった連中は息を飲んだ。

「あたしが殺しました。申し訳ねぇが、どなたか自身番に走って、お知らせ願います」

友三は神妙に腰を折った。

三光新道の自身番は、人形町通の角にあった。

『金助店』の木戸口に駆け付けた目明かしの指示で、祥五郎の死体は戸板に載せられ、男の住人たちによって自身番に運ばれた。

喜平次は、ことの顚末を知らせに『源七店』に向かい、残った又十郎は友三に付添い、自身番の中で目明かしと向かい合っていた。

又十郎と友三がいるのは、町の者が常駐する、莫蓙《ござ》の敷かれた三畳ほどの部屋で、祥五郎の死体は、その奥の板張りに筵《むしろ》を掛けて置かれている。

友三はたったいま、祥五郎を亡き者にしようとした経緯を、目明かしに語り終えたばかりである。

前々から、娘のお篠は、亭主の酒と金遣いに苦労していたのだと友三は打ち明けた。

その祥五郎が、友三の女房、おていの弔いを済ませた『源七店』に現れて、お篠だけではなく、集まっていた長屋の住人たちにまで悪態をついたことに我慢ならず、鑿を一本懐に飲んで、『金助店』に向かったのだと、切々と告白した。

すると、祥五郎を運んで来た『金助店』の男衆五人のうち、自身番の上がり框に居残っていた大家と初老の男は、友三の告白に同情のため息を洩らし、

「そのお人の心労は、よぉく分かります」

初老の男は、目明かしに口添えをしてくれた。

すると、大家が、

「仏の悪口は言いたくはありませんが、あの人は『金助店』でも困り者だったんですよ。お篠さんも可哀相《かわいそう》だったが、ほかの住人にも難癖をつけたり、酒に酔っちゃ家の中に怒鳴り込んだりしてましたからねぇ。表通りの住人なんかも、あんな奴はどこかに居なくなってくれと、いや、はっきり言や、誰もがあんな疫病神なんか死んでくれりゃと」

そこまで口にしたが、後の言葉は呑《の》み込んだ。

「ですが、人を刺し殺したんですから、その罪は背負わねぇと」

友三の声は落ち着いていた。

「いや、鑿で刺した傷で死んだんじゃねぇよ、父《と》っつぁん」

目明かしの判断は、又十郎も同感である。

「でも、その後、あっしが押し倒したから、祥五郎は」

友三からは、罪を逃れようという気は、さらさら窺えなかった。

「お篠さんのお父っつぁん、そりゃあんたの思い違いだよ。祥五郎の体つきは、どうみたって十九貫（約七十二キログラム）はあるんですよ、そんな相手を、細い体をした父っつぁんが押し倒せるはずはありませんよ」

そう言い切ったのは、大家の横に腰掛けていた初老の男である。

「そう言や、仏の口からは酒の匂いがしてたな」

と、板張りの死体に眼を遣《や》った目明かしが、ぽつりと呟いた。

「外から帰って来た祥五郎を見た時も、足元が覚束なかったようだが」

又十郎もそう証言した。

「あ、お篠さん」

小声を出した大家が、初老の男共々、上がり框から腰を上げた。

「政吉《まさきち》親分、この人がお篠さんだよ」

上がり框から顔を突き出した喜平次が目明かしに声を掛けた。

履物を脱いだお篠は、三畳間に入ると友三にチラリと眼を遣っただけで、目明かしに小さく腰を折った。

「仏は、隣りだよ」

そう口にして先に立った目明かしに続いて、お篠も奥の板張りに進んだ。

目明かしが死体に掛かった筵を捲り上げると、祥五郎の死顔が現れた。

眼を逸らすことなく死顔を見詰めるお篠の顔に、表情の変化は見られない。

「仏は、あんたのお父っつぁんと揉み合ったあと、酒に酔った足をもつれさせて後ろから倒れたらしい。その時、木戸の柱の根元にあった石に運悪く頭をぶつけたのがもとで、死んだようだね」

目明かしは、淡々と死因を述べた。

涙も零れないお篠の顔には、脱力感のようなものが貼《は》りついていた。


三光新道の『金助店』のお篠の家の中は、思った以上に殺風景だった。

『源七店』の住人にしても、たいした家財道具もなく、裕福とは言えないものの、富五郎の家にも喜平次の家にも、友三の家の中にも暮らしの温みのようなものが漂っている。

そんなものが、お篠の家には感じられなかった。

祥五郎の仕打ちに耐えていたお篠の心の在り様が、そのまま家の中に映し出されているのかも知れない。

自身番を後にした又十郎と喜平次は、お篠と同道して『金助店』にやって来た。

友三は、おっつけ現れる南町奉行所の役人の調べを受けるまで自身番に留まることになった。

『金助店』の住人や又十郎と喜平次の証言などから、友三に咎《とが》めはないだろうから、役人の調べが済んだら、『源七店』まで下っ引きに送り届けさせると、三光新道の目明かしは言ってくれた。

自身番からは、『金助店』の大家と初老の男も共に帰って来たが、

「ご亭主の弔いの費用は、家主の金助さんからも、町入用金からも出るし、お篠さんが心配することはないからね」

道々、『金助店』の二人から、お篠にはありがたい声が掛けられていた。

「今後のことを、今夜のうちに話しておいたほうがいいと思ってね」

喜平次は、穏やかに口を開いた。

又十郎と喜平次の向かいに座り、がくりと首を折っているお篠は、ただ、小さく頷いた。

両者の間に置かれた行灯から、菜種油の燃える臭いがしている。

「弔いの後、お篠さんはここに居続けるのか、友三さんのところに戻る気があるのかということだよ」

「いまさら、お父っつぁんと一緒になんか――」

お篠は、喜平次の問いかけにそう答えたものの、はっきりと拒んだ物言いではない。

「ここに、一人住むつもりかい」

「お針子を雇ってくれる呉服屋か仕立て屋に、住み込みで奉公する手もあるし」

お篠の頭の中には、友三と暮らす考えはないようだ。

「お篠さん、友三さんはあれこれ話をするような人ではないから、本当の胸の内は分からないが、わたしには、なんとなく推し量ることは出来るんだよ」

又十郎が静かに口を開いた。

お篠は黙っていたが、

「それは」

代わりに、喜平次が又十郎に問いかけた。

「友三さんが、懐に鑿を飲んでいたことから、ご亭主を傷つける気で『源七店』を出たのは間違いない。あるいは、殺すつもりでね」

その言葉に、お篠は小さく頷いた。

「おていさんが死んで、友三さんの気懸りはただ一つ、お篠さんの事だけになったんだよ。そのお篠さんに不幸の種があるなら、それが大きくなる前に取り除かなければ、死んでも死にきれないという思いに駆られたに違いないんだ。だから、友三さんは、ご亭主と刺し違えることも覚悟で臨んだと思うよ。自分が死ぬなら、相手を道連れにするつもりでね。お篠さんから苦労が取り除かれるのなら、自分の命など惜しくないという気持ちだったろうと、わたしは、そう思えて仕方がないんですよ」

又十郎が思いを吐き出すと、お篠は両手で顔を覆った。

そして、小さく嗚咽を洩らした。

「お篠さん、なにも今、決めなくったっていいよ。落ち着いたら、一度、友三さんと話し合ってみなよ」

喜平次からも優しい声が掛かった。

その声に、お篠は大きく頷いた。

五

翌朝、又十郎は夜明け前に起き出した。

前夜は、祥五郎が死ぬという騒ぎがあって、又十郎は喜平次とともに遅くまで三光新道のお篠の家にいて、『源七店』に帰り着いた時は真夜中近くになっていた。

眠る間は短かったが、すっきりと目覚めた。

船宿『伊和井』の板場には、遅番だから昼過ぎに出ればいいのだが、今日の又十郎には朝から出かけなければならない用件があった。

万寿栄と会うため、五つには芝切通の青竜寺に行くのだ。芝に五つまでに着くには、六つの四半刻後には『源七店』を出なければならない。又十郎は、目覚めるとすぐ朝餉の支度に取り掛かり、空が白み始める時分には飯を炊き上げ、味噌《みそ》汁《しる》も作り上げてしまった。

『源七店』の住人が起き出す気配に気づいた又十郎は、大家の茂吉の戸を小さく叩いた。

「おや、何ごとですか」

すぐに戸を開けた茂吉は驚いたようだが、中で話をしたいと言うと、土間に入れてくれた。

「実は、昨夜の友三さんのことで、ちょっと」

又十郎は声をひそめて、友三が、お篠の亭主、祥五郎と悶着《もんちゃく》を起こした一件の顛末を手短に話した。

目明かしの調べを受けはしたが、祥五郎の死は事故であり、友三にはなんのお咎めもないだろうとも付け加えた。

昨夜の件を知らないのは富五郎一家だが、敢《あ》えて今言うことはあるまいと又十郎は考えた。

ただ、住人の抱える厄介なことに目配りをするのが務めの大家には、知らせておこ

うと思ったのだというと、

「腹に収めておきますよ」

茂吉は、力強く頷いてくれた。

茂吉の家を後にした又十郎は、自分の家に戻ると、急ぎ朝餉を摂りはじめた。食べている最中に、富五郎の女房のおはまと声を交わして出掛けて行く喜平次の声が響きわたり、その直後、

「行ってきます」

「行ってくるぜ」

おきよと富五郎の声がして、いつも通り、連れだって仕事に出掛けて行く父娘の様子が眼に浮かんだ。

急いで朝餉を摂り終えた又十郎は、使った器を、流しに置いた桶の水に漬ける。

すぐに身支度を済ませると、菅笠《すげがさ》を被《かぶ》り、腰には刀を差して土間の草履に足を通した。

土間の框に置いていたお櫃《ひつ》に小鍋を載せた又十郎は、お櫃ごと抱えて路地に出て、足で戸を閉めた。

「友三さん」

又十郎は、はす向かいの戸口に立って声を掛けた。

すぐに戸が開いて、土間に立っていた友三が会釈をした。

「朝餉の支度をしていないようだから、残りを置いて行くよ」

お櫃ごと差し出すと、

「昨夜は面倒をかけたのに、こんなことにまで気を遣わせちまって」

頭を下げて受け取った友三は、お櫃と小鍋を框の端に置いた。

「入っていいかね」

「どうぞ」

友三は返事をして、土間を上がった。

土間に入った又十郎は戸を閉めて、

「昨夜、三光新道の下っ引きに付添われて帰って来たのは知ってたんだが、遅かったから、声を掛けなかったが」

「何か」

友三は、戸惑ったような眼を又十郎に向けた。

「お篠さんが、ここに戻りたいと言ったら、友三さんは承知するかね」

帯の刀を鞘《さや》ごと外して框に腰を掛けるなり、単刀直入に口を開いた。

「お篠が、そんなこと言い出すとは思えませんが」

少し思案してから、友三は静かに返答した。

「お篠さんは、祥五郎というどうしようもない亭主のことを、二親に触れられるのを避けていたような気がするんだよ。ことに、目の敵にしていた友三さんに弱みは見せたくなく、随分と意地を張っていたのじゃあるまいか」

又十郎は努めて穏やかに口を利いたが、友三は顔を伏せた。

「こんなことを言ってはなんだが、そんな意地を張らなくてもよくなって、お篠さんは今、ほっとしているはずだよ。そのうち、張り詰めていたものが緩んで、気落ちすると思うんだ。そんな時、お篠さんが頼れる場所は、ここしかないような気がするんだがねぇ」

そういうと、又十郎は腰を上げて、笠を被ったまま家の中を見回した。

「その時は友三さん、お篠さんを迎えておやりよ」

又十郎は、友三の返答を待たず戸を開けた。

日は真上近くに上っている。

笠を被った又十郎が、足早に汐留橋《しおどめばし》を渡った。

秋の日射しはそれほど強くはないが、背中や額には汗が滲《にじ》み出ている。

芝切通の青竜寺を後にしてから、又十郎はひたすら築地へと急いでいた。

お由からの結び文に記されていた通り、五つには青竜寺の境内に着いた。

境内のどこで待つかは、文に記されてはいなかったが、又十郎は笠を付けたまま、時の鐘の鐘楼の近くで待った。

だが、文に記されていた刻限に、万寿栄は現れなかった。

四半刻ほど待ってから、思い切って庫裏《くり》を訪ね、

「お由という者から、香坂宛《あて》に、何か言付けはないだろうか」

若い僧侶《そうりょ》に尋ねてみた。

若い僧侶は、他の僧たちに聞いて回ってくれたのだが、

「誰も、心当たりはないということですが」

という言葉が返って来た。

諦《あきら》められない又十郎は、隣りの青松寺《せいしょうじ》の境内を歩き回った後、再度青竜寺へ戻って、境内の茶店の床几《しょうぎ》に陣取って、笠の内から人の行き来に眼を走らせた。

一刻が過ぎたが、万寿栄はおろか、お由の姿も青竜寺のどこにも現れなかった。

なにか異変が起きたのか――そう思って、又十郎は築地に隠遁《いんとん》している、筧道三郎《みちさぶろう》の元へ向かったのである。

「香坂です」

築地の南小田原町の空き家の前で小声を掛けると、中から細めに戸を開けた筧が、入るよう頷いた。

「何がありました」

箕は、入るなり笠を取った又十郎の顔付きを見て、訝《いぶか》った。

又十郎は、結び文に記された青竜寺に行ったものの、とうとう、万寿栄もお由も現れなかった顚末を告げた。

「入川平右衛門《いりかわへいえもん》と連絡を取って、大谷様のお屋敷のことなど調べてもらいますよ」

箕が口にした入川平右衛門というのは、浜岡藩の江戸中屋敷に勤める使い方で、藩政改革派の一人である。

「もしかしたら、江戸の浜岡藩内で、何かが起きているのかもしれん」

くぐもった声を発した箕は、胸の前で両手を組んだ。


『源七店』の路地は月明かりに照らされている。

満月とまではいかないが、空に丸みを帯びた月が浮かんでいた。

船宿『伊和井』の板場を五つ過ぎに出た又十郎は、喜平次から酒をと誘われたが、それを断ってまっすぐ神田八軒町に帰りついた。

青竜寺に出向いた日から三日が経ったが、その間、お由からなんの音沙汰もないのが気に掛かっていた。

路地を挟んで向かい合っている家のどこにも明かりはない。

茂吉も富五郎一家も眠りに就いたようだ。

友三の家に明かりがないのは、この日から、夜鳴き蕎麦の屋台を担いで商売に出掛けたからだ。

祥五郎が死んだ翌日と翌々日は、詮議《せんぎ》のために、大家の茂吉ともども奉行所に行ったが、『金助店』の大家や住人の口添えもあり、友三の罪科《ざいか》が問われることはなかった。

おていを亡くすなど、禍《わざわい》の重なった友三がやる気を起こしたことは一安心だが、その後、お篠との間には進展は見られない。

家に上がり込んで行灯の火を点けた直後、

「おそくにすみません」

男の密やかな声がした。

戸口に、行灯の明かりに浮かぶ入川平右衛門の顔があった。

「入られよ」

又十郎が促すと、入川は、刀を帯から外して土間の框に腰を掛けた。

「筧さんから言いつかっていましたので、丁度昨日、外桜田《そとさくらだ》の上屋敷に使いに行く用があり、さりげなく屋敷内を窺いましたら、なにやら緊迫しておりました」

入川の声も心なしか緊迫している。

「そして今日、大谷ご家老のお屋敷で用人を務める知り合いを訪ねて、香坂さんのご妻女や、お由という付き添いの女中の様子を聞くと、その女中の姿は、三日前からお屋敷では見なくなったということでした」

三日前というと、芝切通の青竜寺で会うことになっていた日である。

「見なくなったとは」

又十郎は思わず声をひそめた。

「知り合いの用人によれば、上屋敷からのお達しで、急に、付添いの女中を交代させることになったということでして」

そう口にした入川の物言いには、腑《ふ》に落ちないという響きが籠《こも》っていた。

腑に落ちないのは又十郎も同じで、天を仰いで、小さく息を吐いた。

その時、足音を忍ばせるようにして近づいた人影が、戸の障子に映った。

土間の草履に片足をついて戸を開けると、路地に立っていた太吉がするりと土間に入り込んだ。

「なにごとだ」

「築地の南のほうで、海越しに火の手が上がってるんだよ」

そう切り出した太吉は、さらに、

「三五郎さんの話だと、北品川《きたしながわ》辺りの海っ縁《ぺり》が燃えてるらしいんだ。そしたら、その辺には、廻船問屋『備中屋』の江戸店があると喚《わめ》いて、筧さんは、飛び出して行ったよ」

「『備中屋』か――」

太吉の話に、又十郎の好奇心が疼《うず》いた。

「わたしも、これから品川に行こう」

急ぎ立ち上がった又十郎が、

「入川さん、田町《たまち》の中屋敷に戻るなら途中まで一緒に」

そう声を掛けると、入川も頷いて腰を上げた。

「三五郎さんが船を出してくれて、船宿『伊和井』の前で待っててくれてるよ」

太吉はそういうと、真っ先に路地に飛び出した。


神田川から大川に出た三五郎のひらた船は、人足寄せ場のある石川島《いしかわじま》の西側をすり抜けると、築地の沖を一気に漕ぎ進んだ。

三五郎の漕ぐ船には、又十郎と入川、それに太吉が乗っている。

築地を過ぎたところで、又十郎は、田町に船を着けると言ったが、入川平右衛門は北品川まで一緒に行くと申し出てくれた。

「燃えてるね」

櫓を漕ぎながら、三五郎が声を発した。

舳先の彼方の暗い海の向こうに、家々の明かりよりも大きな炎が、赤々と揺れているのが望めた。

船が陸地に近づくにつれて、岸辺に立つ商家や蔵から火の手が上がっているのが見える。

以前、近くに行ったことのある又十郎は、燃えているのが『備中屋』の出店や蔵のあった辺りだと見当がついた。

三五郎は、東海道《とうかいどう》北品川宿の問答河岸に船を着けた。

「わたしは、火事場の周辺を見回って陸路で帰るから、三五郎さんはこのまま、太吉と築地へ戻ってくれていい」

「へい」

三五郎は大きく頷いた。

又十郎は、陸路で田町に帰ると言う入川と、船から岸へ飛び移った。

東海道に出ると、田町へ向かう入川と別れて、又十郎は火事場へと急いだ。

火元は『備中屋』に間違いなかった。

幸いなことに、周辺の商家や町家に火は移っていないが、延焼を防ぐために、大勢の火消したちが近隣の家を打ち壊しに掛かっていた。

夜遅くにも拘《かか》わらず、火事場周辺は避難する人々や野次馬でごった返している。品川遊郭の客も遊女も、近くで火が出たとあっては、遊びどころではないようだ。

「火が上がる前に、『備中屋』には役人たちが押し掛けて来たって話だぜ」

見物している野次馬から、そんな声がした。

「役人やら捕り手が戸を叩き始めた直後に、家の中から煙が洩れ出て、それであっという間に燃え広がったらしい」

という声もする。

「『備中屋』の中には一人として奉公人の姿がなかったってぇから、店のもんが、火を点けて逃げたっていう話もあるぜ」

そんな声を聞きながら歩を進めていた又十郎が、ふと足を止めた。

遠巻きにして火事場を眺めている野次馬の中に、笠を被った四人の侍や町人がいるのが又十郎の眼に留まった。

顔は見えないが、姿形から、浜岡藩の目付、嶋尾久作と横目頭《よこめがしら》の伊庭精吾《いばせいご》、それに、横目の団平《だんぺい》と伴六《ばんろく》ではないかと見て取れる。

又十郎は、笠を目深にすると、さりげなくその場を後にした。

火事場の喧騒《けんそう》に背を向けてゆっくりと歩を進める。

耳をそばだてて辺りを窺ったが、誰かに付けられている気配はない。

その時ふと、

『嶋尾久作様を、香坂様に斬っていただきたいのでございます』

『備中屋』の主、作右衛門の声が耳に蘇《よみがえ》った。

一瞬、ふと足を緩めたものの、すぐに気を取り直した又十郎は、東海道を北へ向かって急いだ。

第四話　帰国

一

昼を過ぎた船宿『伊和井《いわい》』の板場は、遅めの昼餉《ひるげ》を摂《と》る奉公人たちで、珍しく賑《にぎ》わっている。

刻限はほどなく八つ（二時頃）になるという頃《ころ》おいである。

九月ともなると、菊見や重陽の節句、芝神明宮《しばしんめいぐう》の祭が始まったと思えば、後の月見の十三夜と、立て続けに季節の行事が重なってくる。

昼間の客が立て込むと、板場の者たちと女中たちが纏《まと》まって昼餉を摂ることなど滅多にないのだと聞いていた。

この時期の女中たちは客の案内やお膳《ぜん》運びに奔走し、ほんの少しの間を見つけて板場に駆け込み、握り飯を頬張《ほおば》っては座敷に駆け戻る。

板張りには、料理方の親方、松之助《まつのすけ》と弥七郎《やしちろう》、女中頭のお蕗《ふき》、おこん、お佐江《さえ》、男衆の惣助《そうすけ》、それに板場では新参者の香坂又十郎《こうさかまたじゅうろう》が、車座になって箸《はし》を動かしていた。

「芝神明の祭が、こっちにまで押し寄せるなんて珍しいことだよ」

『伊和井』に長年奉公しているお蕗が、ため息混じりに口を開いた。

芝にある神明宮の祭は、昨日の九月十一日から始まって、二十一日まで休みなく続けられるので、『だらだら祭』と呼ばれている。

神明宮の境内《けいだい》には、芝居小屋や見世物小屋が建ち、男客を取る矢場の女もいれば、陰間《かげま》茶屋もあって、例年、喧嘩《けんか》が絶えない。

そんな芝の賑わいの余波が、北東に位置する柳橋《やなぎばし》辺りにまで届くらしい。

「芝の辺りじゃ騒がしすぎるから、ゆったり出来るところで飲もうじゃないかと、こっちのほうに河岸《かし》を替える人がいますから」

茶漬けを掻《か》き込んだおこんが、大声を上げた。

「そういう人は、うちには有難いお客さんなんですね」

今年奉公したばかりのお佐江が、眼《め》を大きくした。

「そういうことだよ」

お蕗が、お佐江に笑いかけた。

「おこんさん、飯はもういいのかい」

「詰め込み過ぎると動けないから、お茶にするよ」

おこんが、声を掛けた弥七郎にそう言い返すと、

「そうだ。昨日の夜のお客さんから聞いたんだけど、二日前の夜、品川《しながわ》で大火事があったらしいよ」

土瓶の茶を湯呑《ゆのみ》に注《つ》いだ。

「あ、さっき番頭さんから聞いたよ」

お蕗もその話に加わった。

「どこが焼けたんだ」

とっくに箸を置いていた松之助が、煙管《きせる》に煙草《たばこ》の葉を詰めながら、しわがれ声を発した。

「なんでも、廻船問屋《かいせんどいや》だそうで、店と蔵を三棟焼いたそうですが、死人も出ず、周りの家に火が移って焼くこともなく消えたというんで、近所の連中は胸を撫《な》でおろしたそうです」

惣助も知っているらしく、細かい話を口にした。

「聞いた話じゃ、海のすぐ傍《そば》で、水利が良かったせいだということらしいね」

おこんはそう言って、茶を啜《すす》る。

「それに、その廻船問屋から火が上がったのは、役人や捕り手が蔵改めに押しかけて来たすぐ後だっていいますから、もしかしたら、蔵には禁制品がおいてあったんじゃないかなんて噂《うわさ》も流れてます」

惣助が、どこかから仕入れた話を披瀝《ひれき》すると、

「なるほど、隠してた禁制品を燃やして、証《あかし》になる物を消したか」

受けた弥七郎が、独りごちた。

「香坂さんが遅番で上がった後のことだから、火事のことは知らないね」

「ええ」

又十郎は、おこんにはそう答えて、箸と空になった茶碗《ちゃわん》を箱膳《はこぜん》に置いた。

「降って来やがったっ」

裏口から板場に駆け込みながら、喜《き》平次《へいじ》が大声を発した。

「本降りかい」

「いや、今んとこ霧雨だがね」

喜平次は松之助にそう返事をすると、首に巻いていた手拭《てぬぐ》いで濡《ぬ》れた髪を拭《ぬぐ》った。

「喜平次さん、昼餉はどうします」

弥七郎に聞かれた喜平次は、

「茶漬けを掻き込みたいね」

と、土間から板張りに上がった。

「茶漬けはわたしがやりますよ」

立ち上がろうとした弥七郎を制して、おこんがお櫃《ひつ》の蓋《ふた》を取り、茶碗に飯を盛った。

「わたしは、女将《おかみ》さんと交代しますよ」

お蕗がそう口にして腰を上げると、その場所に喜平次が座り込む。

「器はわたしが運びますから、お蕗さんそのままでどうぞ」

「ありがとよ」

お佐江に向かって手招きでもするように虚空を打ち振ると、お蕗は、料理人たちにご馳走様《ちそうさま》と声を残して、表の方へと去って行った。

「あ、そう、喜平次さん戻った？」

廊下からそんな声がして、お勢《せい》が姿を見せ、

「喜平次さん、島田様《しまだ》から、夕方からの船遊びは取りやめると言ってきましたよ」

そう口にしながら、喜平次の横に座り込んだ。

「それじゃ今夜は、芝の方から流れて来る連中はいねぇだろうから、おれは早上がり

だね」

そういうと、喜平次は土瓶のお茶を、盛られた飯に掛けた。

霧雨は止《や》まず、神田川《かんだがわ》一帯はぼんやりと霞《かす》んでいる。

ほどなく七つ（四時頃）という刻限だが、まるで黄昏《たそがれ》のように薄暗い。

手に手に蛇の目を差した又十郎と喜平次が、神田川北岸の向柳原《むこうやなぎはら》を神田八軒町《かんだはちけんちょう》のほうへ向かっている。

この日早番だった又十郎は、遅い昼餉を摂り終えたら『伊和井』を引き揚げるつもりだったのだが、

「一緒に帰りましょうよ」

喜平次から声が掛かって、それに応じたのだった。

だが、昼餉の後、喜平次にはやることがあった。

船で出掛けている若い船頭二人を待って、屋根船の掃除と、女将と明日の打ち合わせをしなければならなかった。

それを待って『伊和井』を出たので、夕刻近くになってしまった。

和泉橋《いずみばし》に差し掛かった時、喜平次がふと足を止めた。

又十郎も、傘も差さず荷を積んだ大八車を曳《ひ》いて渡ろうとしている女の姿に眼を留

めた。

大八車が渡り切ると、喜平次は駆け寄って、車を曳いていた女に傘を差しかけた。

「お篠《しの》さん、どうしたんだ」

喜平次が声を掛けると、

「あぁ」

掠《かす》れた声を出して、梶棒《かじぼう》を持っていたお篠は喜平次と又十郎に小さく頭を下げた。

「友三《ともぞう》さんのところに来たんだね」

又十郎が声を掛けると、お篠は梶棒を握ったまま俯《うつむ》き、唇を嚙《か》んだ。

「『金助店《きんすけだな》』にいると、うちの人から受けた辛《つら》い仕打ちが頭を掠めて、息苦しくて。だから、住み込みのお針子の口を探したけど、どこも間に合ってるっていわれて、わたし、行くところがないんです」

コトリと梶棒を下ろして、お篠は片手で口を押さえた。

「ともかく、『源七店《げんしちだな》』に行こう」

又十郎が促すと、

「お父《と》っつぁんには、まだ何も」

お篠は、怯《おび》えでもするように躊躇《ためら》いを見せた。

「そんなことは後のことだ、これ以上荷物を濡らすわけにいかねぇから、香坂さん、お篠さんと傘で」

喜平次はお篠に自分の傘を持たせると、代わって梶棒を取り、神田八軒町へ通じる小路へと、足早に大八車を曳いて行った。

又十郎は、お篠の先に立って車の後に続いた。

「大家の茂吉《もきち》さんには、友三さんとご亭主の一件は話してあるが、富五郎《とみごろう》さん一家に聞かれたら、夫婦別れをしたと言えば、得心するはずだよ」

又十郎が諭すように言い聞かせると、お篠はこくりと頷《うなず》いた。


又十郎とお篠が、神田八軒町の小路を奥へ進むと、『源七店』の木戸の外に止めた大八車から積み荷を運ぶ喜平次と茂吉の姿があった。

「友三さんに話したのか」

又十郎が声を低めて聞くと、

「まだだが、大家さんに事情を話したら、荷物は取りあえず、お由《よし》さんが居た空き家に運び入れろと言ってくれて」

喜平次が一緒に茶箪笥《ちやだんす》を持っている茂吉を顎《あご》で示した。

「わたしたちが荷を運ぶ間に、友三さんには香坂さんの方から、なんとかうまいこと話をつけていただければと」

又十郎の返事も聞かず、二人は茶簞笥を木戸から『源七店』へと運んで行った。

「お篠さんはここで、荷物に傘をさしかけていなさい」

又十郎は言い置いて、木戸の中に入って行った。

井戸端に近い喜平次の家を過ぎ、その隣りの友三の家の戸口に立った時、空き家に荷を置いた喜平次と茂吉が出て来ると、足音を殺して木戸の外へと向かって行った。

「友三さん、香坂だが」

声を掛けると、

「お入りを」

中から、友三の声がした。

戸を開けて土間に足を踏み入れた又十郎は、後ろ手で戸を閉めた。

「おていの持ち物をどうしようかと、思案してましして」

友三は、蓋を取った柳行李《やなぎごうり》の横で胡坐《あぐら》をかき、引っ張り出した着物を見せて苦笑いを浮かべた。

「友三さん、この前も話をしたお篠さんのことなんだがね」

框《かまち》に腰を掛けた又十郎が口を開くと、友三の顔から笑みが消えた。

「二人の間には、長年に亘《わた》って、いろいろとわだかまりがあることは周りの人たちから聞いているよ。二人の間というより、お篠さんが、友三さんに、恨みに似たものを向けていたようだが」

友三はなにも言わず、手にしたおていの着物に眼を落としている。

父親に向けた恨みというのは、二十年以上も前の友三の行状に起因するということを、又十郎は以前、お篠からもお由からも聞いていた。

友三は、女房のおていと幼いお篠を顧みることなく繁華な街を遊び回って、滅多に家に帰ってくることがなかった。

おていが、昼も夜も働いて稼いだ手間賃を友三は奪い取って遊びに出掛けるという日が続いた。

おていが病に倒れたのは、その頃の無理が祟《たた》ったからだと、お篠の父親憎しは今になっても消えることはなかったのだ。

「だが、この前友三さんが、お篠さんのことを案じて、死ぬ気で亭主の祥五郎《しょうごろう》のもとに談判に行ったことを知って、尖らせていた角を、自分から折ったような気がするんだよ」

顔を少し上げかけたが、友三は思いとどまった。

その時、隣りの空き家から、微《かす》かに、物を置くような音がした。

「それで、一人になったお篠さんが、たった一人の父親を頼ろうとしたら、これまでの経緯《いきさつ》は水に流して、どうだろう友三さん、受けてやれないもんかなぁ」

又十郎が静かに投げかけると、友三が溜《た》めていた息を細く吐いた。

「あれ、お篠ちゃんこんなところで何してるんだい。おや、喜平次さん、大家さんまでいったい何をしておいでなんですよぉ」

井戸端の方から、おはまの素《す》っ頓狂《とんきょう》な声が轟《とどろ》いた。

「荷物って、お篠ちゃん、お父っつぁんと一緒に暮らすことになったのかい」

さらに、おはまが声を張り上げると、

「どうなることか、肝心の友三さんが何というか分からねぇがねぇ」

破れかぶれになったような声で、喜平次は聞こえよがしに吠《ほ》えたてた。

表のそんなやり取りを、友三は黙って聞いていた。

仕方なく腰を上げた又十郎は戸を開け、路地に顔を突き出すと、

「もういいから、お篠さんも喜平次も、中に」

と、声を掛けた。

「わたしは家でやることがあるから、なにかあったら呼んでおくれ」

事が荒立つのを恐れたのか、茂吉はそそくさと自分の家の中に入って行った。

その直後、路地から入って来たお篠と喜平次が、土間に立った。

「友三さん、ここは狭いから、お篠さんには上がってもらいますよ」

又十郎がお伺いを立てると、横を向いた友三は、小さく頷いた。

喜平次に手で促されたお篠は、框に腰掛けると濡れた足を手拭いで拭いてから、板張りに上がって膝《ひざ》を揃《そろ》えた。

「帰る途中、和泉橋んとこで、家財道具積み込んだ大八車を曳いたお篠さんとばったり会ってしまってね。聞いたら、『金助店』を出たというじゃないか。それで、茂吉さんに話をしたら、取りあえず隣りの空き家に運び込んでいいというもんだからさ」

喜平次は、幾分口をとがらせて、友三に言い訳をした。

だが、依然、友三は黙り込んでいる。

「なにもここにということではなく、例えば、お由さんがいた隣りにお篠さんが住むことになってもいいものかどうか、一遍、友三さんの考えを聞いてみようと」

そこまで言葉にして、又十郎は友三の反応を見た。

黙り込んだ友三に、お篠は顔を伏せ、喜平次は小さくため息をついた。

「二軒分の店賃を払うなんぞ、勿体《もったい》ねぇ」

友三は、ぽつりと呟《つぶや》いた。

「そうなのだが」

又十郎が、話の接ぎ穂を口にすると、友三は、

「積んできた荷物は、どんなもんがあるんだい」

低い声で問いかけた。

「布団と、鏡台、茶箪笥、行灯《あんどん》、包丁に鍋釜《なべかま》、柳行李が一つ、それに箱膳」

「塵取《ちりと》りと箒《ほうき》もあったぜ」

喜平次が律儀に付け加えた。

「そんなものはうちにもあるし、どっちか一つは捨てた方がいいね」

友三の口から、抑揚のない声ながら、思いがけない言葉が飛び出た。

「わたしを、ここに置いてくれるの」

お篠が顔を上げて、友三の横顔に目を凝らした。

「柳行李は、おていの物を空にすりゃいいし、茶箪笥も行灯も、塵取りや箒も、ここにあるもんで間に合うと思うがねぇ」

お篠の問いかけには答えなかったが、友三の物言いは、同居を承諾したのも同然だった。

「お父っつぁん」

お篠は、それだけ声にすると、両手で顔を覆った。

突然戸が開いて、

「今おはまに聞いたが、お篠さんがここに移り住むことになったらしいね」

顔を突き入れた飛脚の富五郎が、にこりと一同を見回すと、

「うん、たったいま、決まったよ」

と、喜平次が頷いた。

「やっぱりおめぇの言った通りだよ」

富五郎が路地に向かって声を出すと、

「やっぱり、そうだろう」

と、おはまが、富五郎を押しのけて土間に入り込んだ。

「おていさんが死んだのは寂しいが、こうやってお篠ちゃんが友三さんのところに戻って来たことは、めでたいことだよ」

おはまの発した言葉に、お篠が泣き顔も隠さず頭を下げた。

「こうなったら香坂さん、腕を振るって祝いの夕餉を拵《こしら》えておやんなさいよ」

「いや、おはまさん、それは断わるよ」

「え、いやなんですか」

「今日からは、友三さんの食べ物はお篠さんが腕を振るうことになるはずだよ」

又十郎がそう言うと、喜平次や富五郎夫婦の眼はお篠に向けられた。

お篠は、思いを込めて、しっかりと頷いた。

二

昨日の午後降り出した霧雨は、その日の黄昏時には止んだ。

この日は朝から晴れて、昼を過ぎた大川《おおかわ》は、秋の日射《ひざ》しを浴びている。

又十郎は、三五郎《さんごろう》の漕《こ》ぐひらた船に乗って築地へと向かっていた。

船宿『伊和井』の板場に早番で入り、座敷客に出す昼餉の膳の支度をしている最中に、筧道三郎《かけいみちさぶろう》の言付けを持って、三五郎が訪ねて来た。

浜岡藩《はまおかはん》が窮地に立っているらしいのでお出《い》で願いたい——というのが、筧からの言付けだった。

昼餉の膳の支度をし終えた九つ（正午頃）少し前、又十郎は神田川に待たせていた三五郎の船に乗り込んだのである。

早番の仕事は九つまでだが、親方の松之助に急用が出来たと断りを入れると、すんなりと承知してくれた。

築地の南飯田河岸《みなみいいだかし》に着けた三五郎の船から陸に上がった又十郎は、筧が潜《ひそ》む南小田原町《みなみおだわらちょう》の空き家へと急いだ。

外から声を掛けると、すぐに戸を開けた筧が、又十郎を招じ入れた。

「浜岡藩の窮地とはいったい」

囲炉裏《いろり》の切られた板張りに上がるとすぐ、又十郎は小声で問いかけた。

「昨日、浜岡藩中屋敷の入川《いりかわ》がここへ来て言うには、『備中屋《びっちゆうや》』の抜け荷に、浜岡藩が関《かか》わっていたということが、公儀に知られたらしいのですよ」

筧の口から飛び出した内容は、それほど意外でもなかった。

疑惑を追及する藩政改革派の動きや公儀の密偵の暗躍などから、いつかは表沙汰《おもてざた》になるかもしれないという思いはあった。

「入川の話によれば、北品川の『備中屋』の火事の翌日、幕府大目付《おおめつけ》の元に、『備中屋』と浜岡藩の間の、ここ三年間の交易品の納入品目と売買価格の記された帳簿が、どこからともなく届けられたらしいのです」

と、筧はそう言う。

「その帳簿は、本物だったので？」

「写しかも知れんし、本物かも知れぬ。万一偽物でも、老中首座を狙《ねら》う水野越前守《みずのえちぜんのかみ》には、浜岡藩を追い詰める格好の材料を得たことになりますからね」

なるほど――又十郎は、腹の中で唸《うな》った。

『備中屋』の主《あるじ》、作右衛門《さくえもん》は、浜岡藩に見捨てられそうだと、以前、又十郎に告げていた。

抜け荷の責めを『備中屋』だけに覆いかぶせて、浜岡藩は知らなかったという立場を貫こうとしているとも言っていた。

幕府の役人は、『備中屋』は禁制品を抱えているとの確信を持って、北品川の出店と蔵に押しかけたのだろう。

だが、事前にそれを察知した作右衛門は、店と蔵に火を放って行方をくらませたものと思われる。

『備中屋』の蔵には、抜け荷で得た禁制品があると幕府に密告したのは浜岡藩だと、作右衛門は感付いていたはずだ。しかも、『備中屋』潰《つぶ》しの陰謀の中心となって暗躍したのが江戸屋敷の目付、嶋尾《しまお》久作《きゅうさく》だということも知っていた。

浜岡藩と『備中屋』が、前々から抜け荷で繋《つな》がっていたことを示す帳簿を、幕府の大目付に送りつけたのは、作右衛門の恨みの一手に違いない。

「江戸家老の真壁《まかべ》蔵之助《くらのすけ》や勘定奉行などが、連日、評定所に呼ばれているようだから、事と次第によっては、我が藩は、危ういことになりますぞ」

ため息混じりに呟いて、筧は胸の前で両腕を組んだ。

「入川です」

戸の外から、低い声がした。

立とうとした又十郎を制した筧が、腹の出た体躯《たいく》に似合わぬ動きで立ち上がると、土間に下りて戸を開けた。

腰の刀を取りながら入って来た入川平右衛門《へいえもん》に続いて、もう一人の侍も土間に立った。

「あ、香坂さんも」

入川が、板張りの又十郎に会釈をした。すると、

「香坂さんは初めてでしょうが、この男は上屋敷勤めの同志、沢村東蔵《さわむらとうぞう》です」

寛が、入川と年格好の似た侍を又十郎に引き合わせた。

「お名前は、兵藤《ひょうどう》さんや寛さんから伺っておりました」

東蔵が腰を折った。

「ともかく、上がってくれ」

寛に促されて土間を上がった入川と東蔵は、囲炉裏の周りに腰を下ろした。

「沢村さんを伴いましたのは、上屋敷が大変なことになっておりまして」

そう口にした入川が、東蔵を眼で促した。

「本日、江戸屋敷筆頭家老の真壁蔵之助が、殿様に隠居願を差し出されたようです」

「まことか」

「はい」

東蔵は、寛の問いかけに大きく頷き、

「殿様はこの隠居願を受理され、近々公儀に届けられる運びになるでしょう」

とも言い添えた。

「となると、江戸家老筆頭は大谷《おおたに》様ということになります」

低い声を発した入川の顔に喜色が広がった。

それに呼応して、筧は、うんと唸り、東蔵は、はいと答えて頷いた。

「江戸屋敷目付の、嶋尾久作殿は、なんとなされておいでだろうか」

又十郎は、嶋尾の動静が気になっていた。

上屋敷に勤めているものの、普段から、目付の姿を見かけることは殆《ほとん》どないと、東蔵はいう。

横目《よこめ》を差配する役目も負っている目付は、家中の者の眼を避けるため、屋敷に出仕することを普段から嫌っていたようだとも口にした。

「目付は、隠居願を出した真壁家老と近しいと聞いていますから、嶋尾様がこの後どうなるか、見ものではあります」

東蔵の話に、一同が黙った。

「しかし、江戸屋敷が大谷庄兵衛《しょうべえ》様のご支配となれば、おれは、案外早く生き返ることが出来るぞ」

突然、弾むような声を上げた筧が、にやりと笑みを浮かべた。

筧道三郎暗殺を指示された又十郎は、一芝居を打って、筧の死を嶋尾久作に信じさせていた。

だが、大谷庄兵衛が江戸の筆頭家老となれば、嶋尾久作を恐れることはなくなり、堂々と姿を晒《さら》すことが出来ると、筧はそう踏んでいるのだ。

又十郎は天保《てんぽう》六年（一八三五）のこの年まで、浜岡藩内に対立の構図があるということを深く感じたことはなかった。

それは、単に表に現れなかっただけで、その芽は密《ひそ》かに膨らんでいたのだ。

対立の起因は、当代藩主、忠熙《ただひろ》の祖父、松平《まつだいら》照政《てるまさ》が上州《じょうしゅう》から移封となって浜岡藩の城主になった六十年前に始まる。

その折、照政側近の家臣団数家が上州から付いて来た。

浜岡藩は長年に亘って財政が逼迫《ひっぱく》していたのだが、照政の孫にあたる忠熙が藩主となってから、殖産を奨励し、交易や商業に重きを置くようになった結果、次第に財政は上向きになった。

財政の立て直しに貢献したのが、照政と共に上州から浜岡に従って来た家臣団の子孫、国家老の本田《ほんだ》家を筆頭とする、都築《つづき》家、垣内《かきうち》家、平岩《ひらいわ》家だった。上州派と言われた主要四家は、次第に藩政の中枢に食い込んで行った。

浜岡には、代々、永久家老を務める馬淵《まぶち》家を頂点に、今中《いまなか》家、大泉《おおいずみ》家、山中《やまなか》家という、生え抜きの四家があったが、近年、人事権を握った上州派の専横が目立つようになり、兵藤数馬《かずま》や山中小市郎《こいちろう》ら国元の若手藩士たちから、藩政改革の声が上がり始めたのである。

「大谷様が筆頭家老となられた暁には、これまで国の勘定方、兵藤数馬殿や祐筆《ゆうひつ》の山中小市郎殿らが見聞きされた、国家老、本田織部《おりべ》一党や江戸家老、真壁蔵之助に繫がる一党の不実不正の数々を、上申するつもりである」

背筋をぴんと伸ばした筧がそう言い切ると、入川と東蔵は大きく相槌《あいづち》を打った。

「そうなれば脱藩の汚名は雪《そそ》がれ、支障なくご妻女との対面が叶《かな》うというものですよ」

どうだと言わんばかりに、筧が又十郎に笑みを向けた。

「これから外桜田《そとさくらだ》の上屋敷に戻りますが、どうです、中の様子を見に一緒にまいりませんか」

東蔵から持ち掛けられて興味は湧《わ》いたが、

「いや、体制がどうなるか分からぬうちは、近づくのはまだ剣吞《けんのん》かと」

又十郎は辞退した。

取り巻く状況は変わりつつあるようだが、身分はまだ脱藩者同然である。

いつ何時、追手がかかるかも知れないことに変わりはなく、気ままに動き回るのは時期尚早《しょうそう》だろう。

「おれもまだ、顔を出すのはどうもな」

寛も、上屋敷行きには二の足を踏んだ。

日が大分西の方へ傾いた日本橋《にほんばし》の通りは、落ち着いていた。

江戸の商業の中心である日本橋界隈《かいわい》は、朝の暗いうちから人馬や船が動き出す。日が昇れば、買い物や江戸見物の人たちで界隈の通りは犇《ひし》めく。

八つ半（三時頃）という頃おいの日本橋の通りは、お店の手代や小僧たちが用事を済ませて急ぐのか、忙しく行き交っている。

笠《かさ》を被《かぶ》った又十郎は、築地からの帰途、久しぶりに日本橋の通りに足を踏み入れていた。

京橋《きょうばし》を渡り、通《とおり》四丁目に差し掛かると、四つ辻《つじ》を右の小路に折れた。

小路の先の岩倉町《いわくらちょう》に蠟燭屋《ろうそくや》『東華堂《とうかどう》』があるのだ。

瓦《かわらぶ》葺きの庇《ひさし》の上に、『御蠟燭』の文字と蠟燭の絵の描《か》かれた絵文字看板が載っており、『東華堂』はすぐに分かる。

戸口に立って店内を覗《のぞ》くと、客の姿はなく、手代や小僧が、引き出しから蠟燭を取り出して箱に詰めたり、引き出しの蠟燭の数を確かめたり忙しく動き回っている。

暖簾《のれん》を割って奥から出て来た和助《わすけ》が、帳場机を囲っている格子に下がっている帳面を取ると、その場に座り込んだ。

「ごめん」

又十郎は、『東華堂』の土間に足を踏み入れるとすぐ、菅笠《すげがさ》を持ち上げて和助に顔を晒した。

「おいでなさいまし」

手代や小僧から声がかかったが、和助は腰を上げるとすぐ、土間の草履に足を通し、

「表へ」

と、又十郎を誘った。

「こちらへはおいでになりませんよう言いつかっていると、以前申し上げたはずですが」

店の中からは見えない道端で足を止めた和助が、眉《まゆ》をひそめた。

「目付の嶋尾殿の下知だろうが、その嶋尾殿に、わたしが会いたいと伝えてもらいたいのだよ」

又十郎は声を低めて、片手で拝んだ。

「あぁ、香坂様はやはりご存じではありませんでしたか。いや、わたしも詳しくは分かりませんが、浜岡藩江戸屋敷がどうも、ざわついているようで、どなたにどう頼め

ば嶋尾様に繋がるのかも、見当がつかないのでございます」

そう説明した和助は、はぁとため息をついた。

「玉蓮院《ぎょくれんいん》を訪ねれば分かるだろうか」

「あぁ、なるほど。あそこなら、なにか嶋尾様に繋がる手立てがあるかもしれませんね」

和助が、大きく頷いた。


本郷の台地の先に日が隠れて、湯島《ゆしま》の坂は翳《かげ》っている。

日本橋の蠟燭屋『東華堂』を後にした又十郎は、その足を駒込《こまごめ》に向けていた。

右へ湾曲する坂道を上り切ると、道はまっすぐ北の方へ伸びる本郷通《ほんごうどおり》になる。

玉蓮院は、駒込の追分を日光御成道《にっこうおなりみち》の方へ十五間（約二十七メートル）ほど進んだ先の小道を右へ下った先にある。

本郷の台地の東斜面を下る小道は、表通りよりもさらに薄暗い。

嶋尾久作に呼び出されて会うのは、大概が玉蓮院だった。

何度通ったか知れない小道を下り、小ぶりな山門を又十郎は潜《くぐ》った。

「お頼み申す」

玉蓮院の庫裏《くり》の戸口で、又十郎は声を掛けた。

「あ、これは」

ほどなく現れた、いつも見かける若い僧は、困惑したような表情を見せた。

「いや、嶋尾様に呼ばれたわけではないのです」

又十郎が言い訳をすると、若い僧は笑みを浮かべて頷いた。

「今日お訪ねしたのは、嶋尾様に会いたいのだが、その旨を伝える手立てがこちらにあるのかどうか伺いたく、こうして」

又十郎は丁寧に腰を折った。

「御用の時は、嶋尾様の使いの方がお見えになるだけですので、こちらから何かをお伝えするような手立てはないと存じますが」

首を傾《かし》げた末に、若い僧はそう説明した。

「嶋尾様の住まいも、ご存じあるまいな」

「はい。恐らく、当山の法印も、それは知らぬはずですが」

若い僧は、済まなそうに軽く頭を下げた。

又十郎は、若い僧に礼を述べると、玉蓮院を後にした。

ほどなく五つ半（九時頃）になるというのに、居酒屋『善き屋《よや》』は七分の客で賑わっている。

三

四半刻《しはんとき》（約三十分）前から、又十郎は一人、板場に近い板張りの隅で、炒《い》り豆腐と牛蒡《ごぼう》の太煮を肴《さかな》に酒を飲んでいた。

店が混んでいるのは、今夜が十三夜だからかもしれない。

船宿『伊和井』の座敷では、この夜、前月の十五夜と同じような月見の宴が幾つか催されたようだ。

月に供える薄《すすき》の数は十三本で、月見団子も十三個にする以外は、十五夜とほとんど変わらないという。

江戸近辺では、十五夜の月だけ見て、十三夜の月を見ないのを片見月《かたみづき》と言って忌み嫌うのだということを、『伊和井』の料理人の弥七郎から初めて聞かされた。

早番だった又十郎は、板場の仕事を切り上げると筧道三郎からの呼び出しに応じて、築地へと赴いた。

そこで、浜岡藩の江戸屋敷や国元に、人事刷新《じんじさっしん》の風が流れ込んでいることを聞かされたのである。

築地を後にした又十郎は、蠟燭屋『東華堂』や玉蓮院を訪ねて、浜岡藩江戸屋敷の目付、嶋尾久作に会いたいと口にしたのだが、いずれからも、伝える手立てはないという答えが返って来た。

その後、菅笠は背中に背負い、顔を晒して町中を歩いた。闇雲《やみくも》に歩いたわけではない。

最初に向かったのは、外桜田にある浜岡藩江戸上屋敷だった。

屋敷の周りを散策をするように歩いた後は、田町《たまち》の中屋敷に向かい、同じように近辺を歩いた後、近くの飯屋で腹を満たした。

その後は、西久保《にしくぼ》神谷町《かみやちょう》へ足を向け、妻の万寿栄《ますえ》が滞在している江戸家老の一人、大谷庄兵衛の屋敷の門前を通り過ぎたのである。

嶋尾の指示のもと、横目頭《よこめがしら》の伊庭精吾《いばせいご》やその配下の横目たちが、未《いま》だに監視しているとするならば、なんらかの反応が又十郎にもたらされるはずだった。

しかし、『善き屋』に入り込むまで、なんの反応もなかった。

もはや、又十郎には横目たちの監視の目は向けられていないのか、あるいは、見ていたものの、無視されたのだろうか。

悩ましい思いで盃《さかずき》の酒を一気に呷《あお》ると、又十郎は腰を上げた。

居酒屋『善き屋』から表に出たとたん、首筋にひんやりとしたものを感じた。

秋の風か——腹の中で呟いて、又十郎は戸を閉めた。

店を出て左へと向かいかけた時、右手のほうで、ふわりと動く白いものが眼に入った。

和泉橋の袂《たもと》に立っている女の頭に載っていた白い手拭いが、風にあおられてふわりと翻ったものだった。

手拭いの端を口に咥《くわ》えていたおかげで、飛ばすことにはならなかったが、その女は、又十郎に向かって小さく頭を下げた。

川端の常夜灯の明かりは乏しく、顔形は見えないが、夜鷹《よたか》のようには見えぬ。

女がもう一度頭を下げたのに釣られるように、又十郎の足は橋のほうに近づいた。

「あんたか」

常夜灯の明かりに浮かんだ女の顔を見て、又十郎は呟いた。

伊庭精吾のもとで働く横目の一人、おれんだった。

「なんですか、嶋尾様をお探しだと耳に入りまして」

「ほう。気付いていたのか」

「どんなご用件でしょう」

又十郎の問いかけには答えず、おれんは無表情で問い返した。

「噂によると、浜岡藩の江戸屋敷がなにやら混乱しているらしい。今後の、わたしの務めをどうすればよいのか、嶋尾様の指示を仰ぎたいと思ったのだ」

「わたしから、伊庭様にその旨をお伝えしましょう」

そう返答すると、おれんは踵《きびす》を返した。

「おれんさんは、『源七店』に住んでいたお由という女を知っておいでか」

又十郎の声に、おれんは背中を向けたまま足を止めた。そして、

「およし、と言いますと」

眉をひそめて、又十郎に向き直った。

「大谷家老屋敷に逗留《とうりゅう》しているわたしの妻に、つい最近まで女中となって付いていたお由さんだが」

又十郎の答えに瞠目《どうもく》したおれんは、大きく息を吸い、そして、ふうと吐き出した。

「お由さんの素性を、知っておいでしたか」

おれんは、独り言のように呟いた。

又十郎は、黙って頷いた。

「それもこれも、まずは伊庭様にお伝えしてからのことに」

感情を交えることなく口にすると、おれんは神田川の南岸へと、足早に橋を渡って

行った。


昼過ぎてから、青かった空の大部分を白い雲が占めるようになった。

鰯雲《いわしぐも》のように何かの形を成したものではなく、ただの群雲である。

昨夜、和泉橋の袂でおれんと会った又十郎は、七つを四半刻ばかり過ぎた頃、両国《りょうごく》西広小路に差し掛かっていた。

両国の広小路は、浅草《あさくさ》と肩を並べるほどの歓楽の場所で、夕刻から夜へと向かうにつれて多くの人々が押し掛けて来る。

笠を被り、袴《はかま》を穿《は》いた又十郎は、雑踏を縫うようにして両国橋を渡り始めた。

早番だった又十郎は、今朝、六つ（六時頃）前には『源七店』を出て、浅草下平右衛門町《しもへいえもんちょう》の船宿『伊和井』へ向かった。

早番の日は、六つから九つまで板場で働くことになっていた。

左衛門河岸を過ぎて、浅草橋から御蔵《おくら》へと通じる往還を突っ切ろうとしたところで、

「お待ちしてました」

と、男の声が掛かって足を止めた。

人形屋の建物の角から現れたのは、横目の団平《だんぺい》だった。

「嶋尾様から言伝を預かってまいりました」

団平は、低いが、よく通る声で告げると、さらに、

「今夕七つ半（五時頃）、本所回向院《ほんじょえこういん》隣りの大徳院《だいとくいん》の鐘楼で待て。そういう伝言です」

それだけ口にすると、団平は軽く辞儀をして、足早に浅草橋の方へ立ち去った。

九つに早番の勤めを終えた又十郎は、一旦《いったん》、神田八軒町の『源七店』に戻った。

昼餉を摂ると、袴を穿いて刀を差し、菅笠を被って本所を目指したのである。

『源七店』のある神田八軒町から本所まで、遠い道のりではない。

又十郎が渡り始めた両国橋は、大川の東西の岸を繋ぐ、長さ九十六間（約百七十三メートル）の大橋である。

渡り終えた先に、西広小路よりは小ぶりながら、東広小路の火除地《ひよけち》があった。

東広小路からまっすぐに伸びた道を進むと、勧進相撲《かんじんずもう》で名高い回向院の山門前に出た。

「この近くに、大徳院があると聞いたのだが」

又十郎が、通りがかりの車曳きに声を掛けると、

「この先の道を左に入ったらすぐですよ。回向院の南側にひっついてるから迷うことはありませんよ」

講釈師のように淀みなく口にすると、空の荷車を曳いて東広小路の方へと向かった。

車曳きの言葉通り、大徳院は回向院の敷地の南側に、まるでひっつくようにあった。

広大な敷地を誇る回向院に比べたら、大徳院はかなり小さく、町家のなかに埋もれるようにひっそりとあった。

山門脇には、『御府内八十八ヶ所　五十番』と記された看板が下がっており、山門の扁額《へんがく》には『高野山《こうやさん》』の山号があるから、真言《しんごん》の寺であろう。

山門を潜って境内《けいだい》に入ると、狭い境内の隅に小さな鐘楼が見えた。

その方に足を向けるとすぐ、鐘楼の陰から伊庭精吾が姿を現した。

「嶋尾様は、この近くでお待ちだ」

抑揚のない声を掛けた伊庭は、又十郎の先に立って、山門を出た。


又十郎が伊庭に案内されたところは、大徳院からほんの一町（約百九メートル）ばかり歩いたところにある、大川に面した場所だった。

両国東広小路から、竪川《たてかわ》が合流するあたりまで続く岸は積まれた石の山が幾つも点在する御石置場である。

対岸は薬研堀《やげんぼり》だが、大川の両岸は西日の色に染まっている。

秋の日は釣瓶《つるべ》落としという通り、川の西岸の建物も、湯島《ゆしま》や本郷《ほんごう》の高台も既に黒い影になって見えている。

「おれを、捜していたようだが」

積まれた石に腰を掛けていた嶋尾が、笑み混じりの顔を向けた。

「今後の下知を賜りたく」

「ほう」

一言そういうと、嶋尾は又十郎の真意を測りでもするように見据えた。

「浜岡藩の行く末が危うい今、わたしがすべき務めなどあるまいとは思いましたが、一応、嶋尾様の指示を仰がねばなるまいと、こうして」

嶋尾は何も言わず、又十郎をじっと見ている。

述べたことに嘘《うそ》はなく、又十郎は怯《ひる》むことなく嶋尾と眼を合わせている。

「浜岡藩が危ないと、誰に聞いた」

「わたしの博奕《ばくち》仲間に、大名家の中間《ちゆうげん》を務める者や諸国の船を相手にする船人足などがいまして、その者たちからちらっと。例えば、高輪《たかなわ》にある、沼津《ぬまづ》藩水野《みずの》出羽守《でわのかみ》家下屋敷の渡り中間は、仲間の話が届いて、方々の大名家の動向に敏《さと》く、霊岸島《れいがんじま》で船人足をしている男は、諸国のごたごたの噂《うわさ》が、船の積み荷と一緒に江戸にも届くと言っております」

又十郎は、喜平次と行った深川の賭場《とば》の帰りに知り合った連中を引き合いに出して、大嘘をついた。

「ごたごたしているのなら、見限って姿をくらませてもよいのではと思いもしましたが、わたしを藩命で縛っておいでの嶋尾様のご意向を受けるべきではないかと存じまして」

「今の口上が本心なら、律儀というか、馬鹿正直というか」

そう呟いた嶋尾は腰を上げ、冷笑を浮かべた。

「おれのご意向は、おぬしには死んでもらわねばならんということだ」

嶋尾は、又十郎に眼を向けたまま泰然と口にした。

「それは、よい折でした」

又十郎の物言いは、落ち着いていた。

「わたしも、あなた様を無性に討ち取りたく思い始めておりました」

「ほう」

「ひとつ、義弟兵藤数馬をわたしに斬《き》らせたこと。ひとつ、藩命通り討ち果たしたにも拘《かか》わらず、理不尽にもわたしを脱藩者に仕立て上げ、帰国を阻んだこと。ひとつ、死んだ留守居役、近藤次郎左衛門《こんどうじろうざえもん》の名を借りて、わたしを踊らせていたあなた様の陰険な振る舞いは、許し難し」

「すべて、お家《いえ》のために良かれと思われた浜岡藩ご重役の総意である」

嶋尾の物言いに、悪びれた様子はない。

「お家の為《ため》お家の為という建前を掲げ続けていると、人は往々にして他を見下し、礼を欠くようにもなるものです」

「皆で決したことの責めを、おぬしは、おれ一人に向けるのか」

「左様」

又十郎がそう言い切ると、嶋尾は腰の刀に手を掛けた。

「その前に聞きたいことがございます。お由さんは、どこへ行った」

又十郎の問いかけに、伊庭が嶋尾を窺《うかが》った。

「お由は、西の方へな」

「西というと」

「西方浄土だ」

すかさず返事をしたのは、伊庭である。

「死んだというのか」

「裏切り者は、処断するのが横目の掟《おきて》だよ。あろうことか、おぬしとご妻女の対面を取り持つという掟破りを犯したのだ」

嶋尾の物言いからは、心の奥底を窺うことは出来なかった。

「われら夫婦のために動いたという、その一点でかっ」

又十郎はやるせない思いに衝《つ》き動かされて、声を荒らげた。

「掟なのだ」

相変わらず、嶋尾の声に抑揚はなかった。

「人を、これほど斬りたいと思ったのは、此度《こたび》が初めてですよ、嶋尾殿」

又十郎は腰の物に手を掛けると、片足を引いて身構えた。

伊庭が己の刀に手を掛けたとたん、

「その方の加勢は無用！」

嶋尾が大声を発した。

「勝つにせよ負けるにせよ、嶋尾久作に加勢があったとなれば卑怯《ひきょう》者《もの》のそしりを受けねばならんっ」

そう言い放つと、一気に刀を引き抜いた。

ほぼ同時に、又十郎も刀を抜いた。

切っ先を向け合ったまま、二人は間合いを取った。

「その方、流派は」

「浜岡の鏑木《かぶらぎ》道場で、田宮《たみや》神剣流を」

「御前試合で、十人抜きを成し遂げた腕を見せてもらおう」

嶋尾がゆっくりと、剣を体の右脇に引いた。

又十郎もゆっくりと上段に構えた。

日は既に沈み、辺りは夕焼けに染まっている。

地面を踏む足をじりっと動かした嶋尾が、ふわりと腰を沈めたかと思うと、つつつっと又十郎に迫り、

「タァッ！」

と、右脇に構えていた刀を一気に左上に斬り上げた。

咄嗟《とっさ》に体を躱《かわ》した又十郎は、相手の刀の鎬《しのぎ》に自分の刀の鎬をぶつけて逸《そ》らした。

一瞬遅ければ、嶋尾の切っ先に腹を裂かれていたかも知れぬ。

体勢を立て直して、二人は再度間合いを取り、正眼の構えで対峙《たいじ》した。

嶋尾の剣の腕が並でないことは、重厚な太刀筋から充分窺えた。

迂闊に仕掛けては、相手の剛剣に骨までも砕かれるかもしれない。

だが、出方を待っていては、相手の術中に嵌《はま》る恐れもある。

つつっ、思い切って又十郎が足を踏み出した。

すると嶋尾はふわりと後ろに下がり、又十郎が進めば、嶋尾はさらに退《すさ》った。

一気に二、三間（約三・六から五・四メートル）退ったところで、刀を脇に引いた嶋尾が、攻める又十郎を、突然、腰を沈めて待ち受けた。

それが嶋尾の策だった。

速度を上げていた者は急には止まれず、また、他の攻めに変える余裕はない。

だが、待ち受ける側は、横に飛ぶなり回り込むなりしながらも、相手に向けて突く

なり斬るなりの対応が出来る。

　このまま近づけば、下から斬り上げる嶋尾の刀に太腿か下腹を裂かれる——そう気付いた瞬間、又十郎は地面に飛び込んで転がった。

　その体の真上を、嶋尾の刀が、ヒユッと、風を切って通り抜けた。

　空を斬った刀を持つ手が伸びて、隙《すき》だらけになった嶋尾の腹に、仰向《あおむ》けになっていた又十郎が、己の刀を突き入れた。

　着物を貫いた切っ先が、ずぶりと、嶋尾の肉に達するのを、刀を持つ又十郎の手が感じ取った。

　嶋尾は、己の刀を杖《つえ》にして両足を踏ん張ろうとしたのだが持ちこたえられず、真横に倒れると、仰向けになった。

　又十郎が上体を起こすと、暮れて行く空に顔を向けていた嶋尾が、口を動かそうとしている。

「嶋尾殿」

　声を掛けると、嶋尾の眼が又十郎の方に動いた。

「長きに亘り、何かと、ご苦労」

　喉《のど》の奥から絞り出すような声を発すると、微かに喉が鳴って、嶋尾の呼吸が絶えた。

　背後で、刀の鯉口《こいぐち》を切る音がした。

同時に、山と積まれた石の陰から出て来たいくつもの人影が、刀を抜いて立つ伊庭の周りに寄り集まるのが見えた。

空に残った赤みに映ったのは、団平、伴六《ばんろく》、おれん、辰二郎《たつじろう》、亥太郎《いたろう》の顔である。

「お主たちは、浜岡藩の藩士なのか」

立ち上がった又十郎が、鋭い声を投げかけた。

「嶋尾様に飼われている、ただの奉公人だ。この者たちは、おれの奉公人ということになる」

又十郎の問いかけに、伊庭は冷静に返答した。

「仕える人物が死ねば、仇《かたき》を討たねばならん決まりでもあるのか」

「いや」

声を掠れさせた伊庭は、一言返事をすると、首を横に振った。

「ならば伊庭殿は、配下の横目たちのこれからを案じてやる務めがあるのではないのか」

又十郎は、熱い思いを込めて吐き出した。

伊庭の元で働く横目たちは、又十郎を監視する役目を負った、いわば敵だったが、嶋尾の指示によって共に動き、共に闘いもした。

己を殺して黙々と働く横目たちに、又十郎はいつの間にか親しみを覚えていたような気がする。

伊庭精吾は、抜いた刀を、ゆっくりと鞘《さや》に戻した。

「お主たちは、これからなにを」

又十郎は静かに問いかけた。

「まずは、嶋尾様の亡骸《なきがら》をお屋敷に運ばねばならぬ」

伊庭は、何か吹っ切れたような声で答えた。

「すぐそこに、筵《むしろ》の載った大八車がありますが」

団平の声に、伊庭が頷いた。

すると、石の積まれた山の陰に隠れた団平が、一台の大八車を曳いて戻ってきた。

横目たちは心得ていて、嶋尾の体を抱えて大八車に載せると、その上に筵を掛けた。

「では」

伊庭の声で、横目たちに曳かれた大八車が動き出した。

見送る又十郎の近くには、伴六が一人残った。

「伴六は、行かなくてよいのか」

「香坂様を、大徳院にお連れしなくてはなりませんので」

そういうと、小さく腰を折った。

四

あたりはすっかり暮れてしまった。

回向院は縁日の店などが出ているのか、境内で灯《とも》る明かりが、大徳院の境内にまで届いている。

又十郎は伴六に付いて、明かりのない大徳院の境内に再び足を踏み入れた。

帯に差していたぶら提灯《ちょうちん》を伸ばして火を点《つ》けると、

「こちらです」

伴六が先に立った。

本堂や庫裏の建物の裏手に回ると、寺の規模と同じく、そう広くない墓地があった。

墓石や木の墓標の間を進んだ伴六が、塀際に立っている古い小さな墓石と並んで立つ、真新しい白木の墓標の前で足を止めた。

「石の墓が、十八年前に亡くなったお秋《あき》さんで、白木の新墓は、その娘のお由さんです」

伴六の説明に、又十郎は声もなく白木の墓標を凝視した。

「お秋さんが死んだのは、お由さんが七つの時でしたよ」

「どうして、わたしを、ここに」

又十郎は混乱していた。

「自分に何かあったら、香坂様をお由さんの墓に案内せよと、昨日、嶋尾様から言いつかっておりましたので」

「なんと」

嶋尾の思いを測りかねて、又十郎は戸惑った。

回向院からだろうか、賑やかな声が暗がりの向こうから微かに届いている。

「嶋尾家のお屋敷に女中奉公していたお秋さんと、まだ家督を継ぐ前の嶋尾様との間に生まれたのが、お由さんでございまして」

淡々と口にした伴六の話に、又十郎は言葉を失った。

二十五年前、お由を身籠《みごも》ったお秋は、嶋尾家を出されたという。

身寄りのなかったお秋は、嶋尾家の配慮で、屋敷に出入りしていた巣鴨染井《すがもそめい》の植木屋に預けられた。

翌年の春、お由は生まれた。

母子ともに、植木屋の世話を受けて暮らしていたが、お由が七つの時、お秋は病に倒れた。

「わたしはその時分、嶋尾家の下男としても奉公しておりましたから、染井の植木屋に月々の手当てを届けに行っておりましたよ」

　伴六が手当てを届けに行った六月、お秋の臨終の場に立ち会ったという。

　一人になった七つのお由を植木屋に任せるのは難儀だった。嶋尾家でかつて女中奉公していた女が亭主と二人で暮らしていると知って、養女として引き取ってもらった。

　夫婦になって七年も経《た》つのに、子に恵まれなかった夫婦者は喜んでお由を迎え入れた。

　その養父母にも、わずかだが月々の手当ては出て、届けるのが伴六の務めとなった。

　嶋尾久作が直《じか》に見に行くことはなかったが、お由の様子を、伴六は逐一話して聞かせたという。

「十二になった年に、お由さんは住み込みの女中奉公に出ました」

「月々の手当てが出ていたのではないのか？」

「ことを知らないお由さんは、養父母の暮らし向きを助けようと、自ら望んで申し出たのですよ」

「そのお由さんが、どうして横目の一党に加わることになったのかね」

　白木の墓標に眼を向けた又十郎から、呟きが洩れた。

「それから三年後、お由さんが十五になった年に、嶋尾様はお家の当主になられ、浜岡藩江戸屋敷の目付に就かれました」

それを機に、嶋尾はお由を、伊庭が率いる横目に引き入れようとしたと伴六が続けた。

「養父母との縁が切れるのではと、お由さんは頑強に拒みましたので、嶋尾様の指示で説得に当たったのがわたしでした」

と、伴六は打ち明けた。

お由の説得に当たる伴六に、嶋尾は一通の書付を見せた。

それは、病に倒れたお秋が、伴六に託していた嶋尾久作宛《あて》の文であった。

伴六が八年前、久作に手渡したままになっていた文には、医者や薬など、嶋尾家に世話になったお礼とともに、

『いずれはお由を雇い入れ、嶋尾家でお礼奉公をさせていただきたい』

というお秋の願いが認《したた》められていた。

久作は、説得に当たる伴六にその文を持たせ、お由に見せるよう指示した。

母が認めていた文を何度も読み返した後、

「わかりました」

お由は、伊庭精吾が率いる横目の一党に加わることを承知したのだと、伴六は述懐した。

「嶋尾殿は、お由さんを身近に置こうとは思わなかったのだろうか」

又十郎は呟いた。

「そのことについて、嶋尾様は一言も申されませんでしたが、奥方がおいでになるお屋敷に雇い入れるよりは、横目として働かせた方が、気兼ねがなく顔を見られると思われたのかもしれません」

とも、付け加えた。

「お由さんは、嶋尾殿が実の父親と知っていたのか」

「知らないまま死んだと思います。嶋尾様にしても、親子の名乗りはなさってませんので」

小さく首を横に振って、伴六はそう口にした。

「わたしは、庫裏へ立ち寄りますから、どうかお先に」

伴六は、持っていた提灯を又十郎に差し出した。

「では遠慮なく」

素直に受け取った又十郎は、山門の方へ向かいかけて、ふと足を止めた。

「最後に聞くが、誰がお由さんを処断したのだね」

問いかけると、伴六の顔に戸惑いが走った。

「嶋尾様自ら、手打ちになされたと聞いております」

しばらく迷っていた伴六の口から、半ば予想していた返答が飛び出した。

又十郎は、黙ってその場を後にした。

暗い境内を通り抜け、山門を潜り出た途端、又十郎の眼から涙が溢《あふ》れた。

実の娘を、掟破りとして処断した嶋尾久作の心中を思うと、こみ上げて仕方がなかった。

歩き出すと、手にした提灯の明かりが滲んで、右に左にと揺れ続けた。


日に日に秋は深まっていた。

本所の御石置場で嶋尾久作を討ち取ってから数日が経った九月二十日、浜岡藩江戸屋敷の家老、大谷庄兵衛から呼び出しを受けて、又十郎は西久保神谷町にある屋敷に向かっている。

使いが船宿『伊和井』にやって来て、私邸においで願いたいという大谷家老の言付けを伝えたのは、早番を終えたばかりの、昨日の九つ過ぎだった。

刻限は五つ（八時頃）だということでもあり、今日は遅番の又十郎には都合がよかった。

西久保神谷町に差し掛かったところで、芝切通の時の鐘が五つを打ち始めた。

大谷家老屋敷の小ぶりな長屋門から邸内に足を踏み入れた又十郎は、玄関に立って声を上げた。

「お召しによりまかり越しました、元浜岡藩士、香坂又十郎と申す」

又十郎が、対応に現れた郎党に名乗ると、

「お上がりを」

と、上がり段の上で手を突いた。

刀を右手に持った又十郎が段を上がると、郎党が先に立った。

取次の間を通り抜け、廊下と二つの部屋を通り抜けた後、縁側の角を二つ曲がったところで、十畳以上はある客間に通された。

「しばらくお待ちを」

言い残して、郎党は去った。

家老職の屋敷に入ったことのない又十郎は、小さくため息をついた。

部屋の数は想像以上に多そうだ。

大谷家老屋敷に行けば、すぐにでも万寿栄と対面出来るものと思っていたが、迷路のような屋敷では何かと手間が掛かりそうである。

縁とは反対側の襖《ふすま》が開いて、若党を従えた五十絡みの武士が入り、床の間を背にして又十郎と向かい合うと、

「大谷じゃ」

と、微笑《ほほえ》みを見せた。

「香坂又十郎にございます」

又十郎は、手を突いた。

「改まることはない。手を上げよ」

「は」

又十郎は、素直に従った。

「その方の江戸下りに至った経緯は、国家老の馬淵様はじめ、山中小市郎殿よりの文、江戸下屋敷のお蔵方《くらかた》、筧道三郎などから話を聞いて、承知している」

大谷庄兵衛はそう切り出すと、ここ十日ばかりの間に浜岡藩内で起きた騒動と人事の刷新を述べるよう、若党に命じた。

「『備中屋』の抜け荷に加担したとの疑惑で、評定所での詮議《せんぎ》を受けた江戸家老、真壁蔵之助殿は、蟄居《ちっきょ》と相成り、それに伴い、国家老、本田織部殿は、弁明の書置きも残さず、切腹して果てられ、国元の目付、平岩左内《さない》殿は隠居を申し出られました」

若党が息を継ぐとすぐ、庄兵衛が口を開いた。

「この騒動の責任を取るために、ご公儀に対し、殿は三月の謹慎を申し出られたのだが、神妙であるとして、謹慎はひと月とのお沙汰で済んだ。下手をしたら、お取り潰《つぶ》し、国替えの沙汰もあるのではとまで覚悟したが、殿の謹慎で済んだのは幸いであったよ」

　本音を洩らした庄兵衛は、言い終えると大きく息を吐き、

「国元の馬淵様と早飛脚でやりとりをして、本田織部殿、真壁蔵之助殿に近しい者五名の処罰も既に済ませた」

　と、付け加えた。

「お伺い申し上げます」

　又十郎が口を開くと、

「申すがよい」

　と、庄兵衛の許しが出た。

「江戸屋敷の目付、嶋尾久作様はなんとなされましたでしょうか」

「嶋尾久作は、先日、落馬して負った深手がもとで、急死したとの届け出があった」

　庄兵衛の返事は意外ではあったが、又十郎は、

「左様で」

　と、一言呟いて、細く小さな息を吐いた。

　脱藩者との闘いの挙句に斬り殺されたなど、嶋尾家の遺族としては口が裂けても届け出られなかったろう。

「お、入るがよい」

　笑みを浮かべた庄兵衛が、又十郎の背後に向かって声を掛けた。

いつの間にか縁に現れていた万寿栄が、部屋の中に膝を進めて、又十郎の少し後ろに控えた。

「早く、両人の対面をと思わぬでもなかったが、江戸家老はじめ、目付が忍ばせた者たちの眼を警戒して、なかなか手立てがなくてな」

「恐れ入ります」

頭を下げた又十郎が、お由の手引きで万寿栄と会ったことを打ち明けようかと迷った時、

「ご妻女に聞くと、先日、目付から差し向けられた女中の手引きで、対面は成ったというではないか」

と、庄兵衛が目尻を下げた。

「大谷様に隠すのは申し訳なく、お話ししてしまいました」

万寿栄は又十郎に頭を下げたが、謝るようなことではなかった。

「本日、その方に出向いてもらったのは、今後のことを聞こうと思ったからでな」

庄兵衛は、又十郎に眼を向けた。

「つまり、一部の者によって押されていた脱藩者の烙印《らくいん》は、既に覆すことと決したゆえ、いつにても帰国してもよいし、このまま江戸屋敷に詰めるというなら、それはそれでよいのだが、そなたの存念は如何《いか》に」

「浜岡に、戻りとう存じます」

又十郎は即答すると、万寿栄に顔を向けた。

「はい」

万寿栄は、又十郎の顔をしっかりと見て、頷いた。

「浜岡へは、船にてもよいか」

そう口にした庄兵衛に、又十郎は戸惑ってしまった。

『備中屋』の船で国へ送り届ける——そう口にした作右衛門の言葉を思い出していたのだ。

「船と申しますと」

又十郎が尋ねると、廻船問屋『丸屋《まるや》』の船が五日後の九月二十五日に、霊岸島から浜岡に向けて出港するのだと、庄兵衛に成り代わって若党が返事をした。

「妻共々、『丸屋』の船で、浜岡へ戻れるのでしょうか」

「左様。『丸屋』には、浜岡まで人を乗せてもらうことになるかも知れぬということである」

庄兵衛は、はっきりと口にした。

「ならば、是非にもその船に乗りとう存じます」

又十郎が両手を突くと、万寿栄もそれに倣った。

又十郎が、大谷家老屋敷の門を表に出たところで、

「香坂さん」

と、声が掛かった。

門の脇の板塀に凭《もた》れていた筧道三郎が、

「ご家老に呼ばれて帰る間際、この後、香坂さんが来ると聞いていたので、待っていたのですよ」

と、笑顔を見せた。

「おれはてっきり、ご妻女共々屋敷を出ておいでかと思っていたが」

「実は、夫婦共々、浜岡への帰参が叶うことになりまして、五日後、『丸屋』の船で江戸を離れます。去るに当たっては、片づけたいこともありますので、妻には、船に乗る当日までお屋敷に残って貰《もら》うことになりました」

「片づけたいこととは、難しいことですか」

「いや。江戸へ来てから、世話になった方々がおりますので」

「なるほど」

そう口にした筧は、はぁと息を吐きながら、つるりと頬《ほお》を撫《な》でた。

「増上寺《ぞうじょうじ》の茶店で茶でも飲みませんか」

「いいですね」

又十郎は筧の誘いを快く受けた。

刻限は四つ（十時頃）前である。

船宿『伊和井』の板場に行く八つまで、かなりの間がある。

「筧さんは、ご家老の用とは何だったのですか」

増上寺へ向けて歩きながら、又十郎は何気なく尋ねた。

「うん。上屋敷に来ぬかと持ちかけられたんだが、断わった」

「それはまた、なにゆえ」

大所高所から物事を見ることの出来る筧なら、上屋敷に於いて、藩政に関《かか》わる務めは十分果たせるはずである。

「上屋敷には、二年に一度、殿様が参勤でおいでになられるし、息が抜けんのではないかと、心配なのですよ。何かと堅苦しいようですしね。それよりは、渋谷《しぶや》の下屋敷のほうが気ままで面白いですよ。道玄坂《どうげんざか》や宮益町《みやますちょう》には、馴染《なじ》みの女もおりますしねえ」

そういう筧の表情には、悩みぬいたような真面目《まじめ》さが漂っていた。

増上寺の境内に足を踏み入れた時、すぐ近くの芝切通《しばきりどおし》から、四つを知らせる時の鐘が大きく鳴り響きはじめた。

五

神田川に架かる和泉橋の北詰近くの居酒屋『善き屋』の店内は静かである。

客は五分の入りだが、みな静かに飲み食いをしている。

又十郎は、久しぶりに〈小島〉で喜平次と差し向かいで酒を酌み交わしていた。

戸口と板場の間の土間に、畳一畳ほどの広さの矩形の板張りが三つ、ぽつんとあるので、又十郎は密《ひそ》かに〈小島〉と呼んでいた。

畳一畳ほどだから、大人二人が差し向かいになるには好都合だった。

あと十日ばかりすると、季節は秋から冬に替わる。

つい最近まで、板場から流れるのは煮炊きの煙だけだったが、このところ、白い湯気まで流れ出ている。

この日の朝、西久保神谷町の大谷家老屋敷を訪れた又十郎は、その足で船宿『伊和井』に向かい、板場に入った。

遅番の仕事を終えて片づけをしているころ、船着き場に船を留めた喜平次が、折よく板場に入って来たので、

「帰りに、『善き屋』に寄らないか」

又十郎が誘うと、にやりと頷いたのだ。

飲み食いを始めてしばらくは、夜の川風が冷たくなったなどと、季節の話に花を咲かせていたが、

「実はな、喜平次」

盃を置いて、又十郎は少し改まった。

「故あって禄《ろく》を離れていた主家の江戸家老から呼び出しがあって、再度、仕官が叶うことになったのだ」

「え。つまり、それは、どういうことで」

喜平次は、首を傾《かし》げた。

「つまり、石見国《いわみのくに》浜岡藩の領地、浜岡に、迎えに来ている妻と共に帰ることになった」

「帰るっていうと」

「江戸を去るんだ」

「いつ」

「五日後、霊岸島から、国元の廻船問屋の船でな」

そのことにはなにも応えず、喜平次は、盃に残っていた酒を一気に呷った。

又十郎が徳利《とっくり》を差し出すと、喜平次は、ぐいと盃を突き出した。

その盃に、又十郎は酒を注いだ。

「五日あととは、急だな」

「あぁ」

「急すぎるっ」

徳利を摑んだ喜平次が、怒ったように突き出した。

又十郎は、盃を差し出し、素直に酌を受けた。が、口をつけずに、その場に置いた。

「『源七店』の住人と『伊和井』の女将さんには挨拶《あいさつ》をするが、日にちもないから、波除稲荷《なみよけいなり》の太吉《たきち》や築地のお梶《かじ》と三五郎夫婦、霊岸島の丈助《じようすけ》たちには、わたしが去った後、喜平次のほうから話をしてくれないか」

「水臭いと言って、恨まれるよ」

「覚悟してるよ」

「覚悟の上なら、引き受けるよ」

そう返事をして、喜平次は盃に口を付けた。

いきなり戸が開いて、夜風が吹き込んだ。

「いらっしゃい」

いつものお運び女が、入って来た、三十代半ばに見える女の客に声を掛けた。

「燗《かん》酒を一本貰いますよ」

女は、料理屋の名の染められた風呂敷《ふろしき》包みを手に、隣りの〈小島〉に上がった。女中奉公の帰りなのかもしれない。

「へへ、香坂さんと初めて口を利いたのは、ここだったたね」

「あぁ」

又十郎もその夜のことはよく覚えている。

そのころお運び女をしていたお由と〈小島〉で酒を酌み交わしている又十郎を見た喜平次は、

「おや、お由さんの良い人かい」

と口にした。

そのことを覚えているかどうか、喜平次に聞こうとして、又十郎は思いとどまった。

本所の大徳院で、お由の死を知ったが、そのことを喜平次に伝えるつもりもなかった。

お由の来歴などに触れなければならなくなるのが、いささか辛い。

それよりは、のっぴきならない事情があって、『源七店』から去ったということにしておいた方が、日常に起こる些事のひとつとして埋もれて、やがて喜平次は忘れるだろうと、勝手に決めた。

又十郎は、置いていた盃をおもむろに持ち上げると、嚙《か》みしめるように口に含んだ。

朝餉を摂り終えるとすぐ、又十郎は溜《た》まっていた下帯や着物、手拭いなどを洗って干した。

洗濯が済むと、家の掃除に取り掛かった。

四つ時分の『源七店』は、いつも静かである。

又十郎が江戸を去って浜岡へ帰参することは、喜平次と『善き屋』で飲んだ翌日の夜、『源七店』の住人の家々を訪ねて、報告は済ませた。

それから二日経つが、住人たちは井戸端や物干し場で顔を合わせるたびに、寂しくなるよと声を掛けてくれる。

「香坂様には、おっ母《か》さんが喜んだという潮汁《うしおじる》の作り方を、ゆっくりと教わりたかった」

友三と暮らし始めたお篠は、しみじみと口にした。

船宿『伊和井』には、『源七店』の住人に話をする前日、女将のお勢に江戸を離れることになった事情をかいつまんで話し、昨日の遅番を最後に、板場を辞めた。

築地の波除稲荷で暮らす、太吉ら五人の孤児《みなしご》たちからは、なんの反応もない。

太吉やお梶たちには、江戸を去ってから知らせるように頼んでいたから、喜平次はそれを守ってくれているようだ。

去る前に会っても、言葉など出そうもないから、知られていない方がよい。

板張りを拭《ふ》き終わった雑巾《ぞうきん》を框に置いた水桶《みずおけ》に放《ほう》り込んだ時、戸口に人影が立った。

「雪駄直しでございます」

饅頭《まんじゆう》笠《がさ》を被って、肩から斜めに籠《かご》を下げた男が頭を下げた。

「生憎《あいにく》雪駄の持ち合わせが」

言いかけた又十郎が、後の言葉を飲んだ。

饅頭笠を少し持ち上げて顔を見せたのは、猿蔵《さるぞう》だった。

「修繕は、中で」

猿蔵は、又十郎の返事を待たずに土間に踏み入れ、肩から籠を外して框に腰を掛けた。

「どうやら、浜岡へお帰りになる目途がお立ちと伺いました。なによりのことでございます」

猿蔵は、丁寧に頭を下げた。

そして、籠の中に手を差し入れると、袱紗《ふくさ》の包みを出して又十郎の膝の前に置いた。

「主《あるじ》、作右衛門から、お届けするようにと申し付かりまして」

そう言いながら、猿蔵が袱紗を広げると、中には二十五両（約二百五十万円）の切り餅が二つある。

「取り決め通り、嶋尾久作を討ち果たして下さったお礼の金子でございます」

「いや。あれは、『備中屋』に言われたから斬ったのではないのだ」

又十郎は慌てて抗弁した。

「わけはともかく、作右衛門の望みを満たして下されたことに間違いはございません」

そう言って、猿蔵は切り餅の載った袱紗を又十郎の方にもう一押しした。

「この五十両の中には、作右衛門が、『備中屋』の船でお送りすると申したことが叶わなくなったお詫《わ》びも含まれておりますので、受け取っていただかないと、わたしが叱《しか》られてしまいます」

そう言って、猿蔵は腰を上げた。

「作右衛門は、どこかで生きているのだな」

又十郎の問いかけに、猿蔵は笑みを浮かべただけで、何も言わず籠を肩に掛けた。

「この金を使って、わたしが手に掛けた義弟の墓を作ることにする」

「お役に立てて、何よりでございます。海路、ご無事で」

笠に手を掛けて辞儀をすると、猿蔵は路地へ出て、木戸の方へ姿を消した。

日は中天にあって、晩秋とはいえ、日射《ひざ》しは強い。

菅笠を被った又十郎は、同じく、菅笠を被った和助を伴って、下渋谷村の広尾町《ひろおちょう》で大山道《おおやまみち》と分かれ、祐天寺道《ゆうてんじ》へと進んだところである。

五十両を届けに来た猿蔵が去るとすぐ、又十郎は『源七店』を後にして、日本橋へ急いだ。

岩倉町の蠟燭屋『東華堂』へ行き、手代の和助を呼び出すと、

「嶋尾様は急死なされたそうで、なんとも」

又十郎に向けて、丁寧に腰を折った。

いつもなら、『東華堂』には姿を現さないようにと、嶋尾から言いつかっていたことを口にするのだが、この日の和助から咎《とが》める言葉はなかった。

浜岡藩内で政変があり、家禄を失って浪人となっていたが、奉行所の同心頭《どうしんがしら》として浜岡に帰参することになったというと、

「それはおめでとうございます」

和助は、またしても腰を折った。

浜岡藩内の政変のことは、蠟燭屋『東華堂』ではとっくに承知していて、江戸屋敷の新たな人事が告知されていると和助は打ち明けた。

「江戸を去るに当たり、和助に頼みたいことがあるので、中目黒村《なかめぐろむら》まで一緒に来てもらえないか」

又十郎がそう頼むと、番頭に聞いてみると返事をして、店内に戻った。
「許しが出ました」
ほんの少し待っただけで、和助は笠を用意して又十郎の傍に立ったのである。
政変が起きたにも拘わらず、以前同様、浜岡藩江戸屋敷から出入りを許されたこと
で、番頭は又十郎の頼みを快く承知したようだと、中目黒村への道中、和助は笑みを
浮かべながら口にした。
和助を伴った又十郎は、祐天寺道を進み、目黒新富士に近い別所坂を下った。
畑地を貫く農道を行くと、行く手に目黒川の流れが現れた。
川の方に進むと、畑地はなくなり、枯れた雑草地が川の畔《ほとり》まで続いている。
川の畔には、低木や高木が入り交じり、枝や葉が密集する藪のような一角がある。
和助の先に立った又十郎が、藪のような一角に入り込んで、畳一畳ほどの空き地に
立った。
「ここは」
和助は、訝《いぶか》しそうにあたりを見回した。
又十郎は、白樫《しらかし》の木の根元に眼を向けた。
風雨を受けて土は幾分流れているが、枯れたサイカチの枝の刺さった盛り土は、数
馬が埋められた土饅頭《どまんじゅう》である。

藩命によって手に掛けたのは又十郎だが、亡骸をここに運んで埋めたのは、団平ら横目たちだった。

「これは、非業の死を遂げた知り合いの土饅頭なのだ」

細かいことは伏せて、又十郎はそう告げた。

一瞬、ぎくりとした和助だが、土饅頭に向けて手を合わせた。

「いつかは、どこかに墓を立てねばと思いながら、明後日には江戸を去らねばならぬ日を迎えてしまったのだ」

そう口にした又十郎は、懐から紙包みを出して、和助に差し出した。

「ここに二十両あるが、これで、ここに眠る骨を掘り出し、いずれかの寺に墓を立ててもらいたいのだよ。そのための墓石代と人足の手間賃だ」

「二十両は多すぎると思いますが」

和助が、首を傾げた。

「余った金は寺に寄進して、後々までの供養《くよう》を頼んでくれないか」

「なるほど」

「季節ごとに切り花でも供えてもらえたら、ありがたいが」

「承知しました」

と、引き受けてくれ、差し出していた金の包みを受け取った。

あたりを見回した又十郎が、ふと一点に眼を留めた。

乱雑に枝を伸ばした木立の間に山茶花《さざんか》の白い花が見えた。

脇差を抜いて、花をつけた二本の枝を切ると、土饅頭に挿した。

さらば――胸の内で呟いて、又十郎は手を合わせた。


明日は霊岸島から『丸屋』の船に乗り込むという日の前夜。

五つの鐘が鳴ってから半刻（約一時間）ほどが過ぎた時分、又十郎は一人そっと、『源七店』を抜け出した。

中通を左へ折れて火除広道に出ると右へ折れ、筋違橋《すじかいばし》の北詰の方へと足を向けた。

この日、夕刻の六つから一刻（約二時間）ばかり、又十郎の家に住人が集まり、送別の夕餉を催してくれたのだが、月見の客を乗せて夜船を操る喜平次と、夜鳴き蕎麦《そば》の商売に出掛けた友三は集まれなかった。

喜平次とは既に別れの挨拶を済ませていたので、友三とは今夜のうちに会っておこうと思ったのだ。

筋違橋を過ぎて昌平橋《しょうへいばし》に差し掛かると、蕎麦を食べ終えた職人らしい二人連れがふらふらと屋台から去って行くのが、影となって見えた。

屋台に掛かった小ぶりな行灯の明かりに、丼を片付ける友三の顔が浮かんだ。

「酒でいいんだがね」

又十郎は、屋台に着くとすぐ声を掛けた。

「へい」

友三はいつも通りの様子で返事をすると、屈みこんで取り出した徳利と盃を屋台の縁に置いた。

「あ、早いお越しじゃないかぁ」

夜鷹のおすみが、頭を覆った手拭いを外しながらやって来て、又十郎の横に並んだ。

「聞いたら、迎えに来た御新造さんと一緒に国に帰るんだってねぇ」

おすみがそういうと、話したのを謝りでもするように、友三が頭を下げた。

「あぁ。それが、明朝なのだよ」

又十郎は、おすみに笑顔で頷いた。

「あたしに、酌をさせてくれないかね」

「ありがたい」

又十郎は、盃を手にすると、おすみの前に差し出した。

おすみは、徳利を持つと、

「こんなこと、うふふ、ずっと昔、惚《ほ》れた男にして以来のことだよ」

照れたように笑いながら、又十郎の盃に酒を注いだ。

その酒を、又十郎は一気に呷った。

「旦那《だんな》のお国って、どんなところだろ」

「うん。石見国の浜岡というところでね」

眼の前が日本海という大海で、魚が美味《うま》いのだと答えた。

又十郎がかつて住んでいた組屋敷はゆるい坂道の途中にあったから、町中を流れる浜岡川が海に注ぎ込む辺りまで眺められた。

その河口近くに城山《しろやま》があって、朝日を受ければ黄金色に輝き、夕方になれば、夕焼けの中に黒い影を浮かび上がらせる。

又十郎が、そんな情景を語ると、

「帰るのが、嬉《うれ》しいのだね」

と、ぽつりとおすみは洩《も》らした。

「あたしのこと、たまに思い出してくれたら嬉しいな」

「忘れるものか」

又十郎ははっきりと言い切った。

おすみは笑みを見せたが、又十郎が口にしたことは出まかせではない。

無垢のようなおすみの笑顔に、沈みがちな心が救われたことが何度もあった。

「おすみさんも、一杯どうだい」

「いいのかねぇ」

躊躇《ためら》ったが、気を利かせた友三が、すかさずおすみに盃を持たせた。

その盃に、又十郎が酒を注いだ。

一気に飲んだおすみが、あぁ、美味《おい》しかったと口にしたあと、

「一度、旦那に身を任せてみたかったなぁ」

と呟いたが、それは聞こえないふりをして、又十郎は自分の盃に酒を注いだ。


朝日が江戸湾の隅々まで射している。

霊岸島から、廻船の水主《かこ》や人足たちに混じって小船に乗り込んだ頃は、辺りはまだ白々と明けたばかりだった。

又十郎と万寿栄が、佃島《つくだじま》の沖に停泊していた『丸屋』廻船に乗り移り、水主や人足たちが荷揚げを終え、帆を上げ始めた頃、朝日は昇っていた。

外洋に向けて進む廻船の船端《ふなばた》に並んで、又十郎と万寿栄はゆっくりと流れ去る江戸の家並みを飽かず眺めている。

「あれが、本願寺《ほんがんじ》だ」

又十郎は、築地の家並の先に聳える大伽藍《だいがらん》の屋根を指し示した。

「あそこの近くには、わたしが世話になった漁師の夫婦や」

そこまで言いかけた又十郎が、言葉を呑み込んだ。

「誰かが、こっちに向けて、手や手拭いを振っていますね」

万寿栄が口にした光景が目に飛び込んで、又十郎は言葉を失った。

又十郎が何度となく釣り糸を垂らした南飯田河岸からは焚火《たきび》の白い煙が立ち上り、一列に並んだ七人が、両手を振り、手拭いを振り回している。

遠くて、顔形は定かに見えないが、一番右端に立っている大きな二つの人影は、三五郎と女房のお梶に違いなかった。

その左で手を振るのは、孤児の中で一番年下の平助《へいすけ》、その隣りが、線は細いが駆け足の速い徳次《とくじ》、その隣りには、太って足の遅い捨松《すてまつ》、色黒の重三《しげぞう》と続き、左端には、五人の孤児のまとめ役の太吉が立ち、皆は何かを叫んでいるようだが、その声は届かない。

届かないが、心の底から別れを惜しんでいる様が見て取れて、又十郎には、熱いものがこみ上げた。

今日の船出のことを、太吉たちは筧から聞いたのかもしれない。

「ありがとう」

万寿栄が、声を張り上げて手を振り返している。

又十郎が浜岡に送った文に、築地のお梶や孤児たちとの交流は書いた覚えがあるから、河岸で手を振っているのが何者なのか、万寿栄は分かったのだろう。河岸に並んだ七人の姿が小さくなってしまうまで、万寿栄は又十郎に成り代わって手を振り続けた。


ぐらりと体が揺れて、又十郎は目を覚ました。

起き上がって見回すと、薄暗い中に、菰《こも》を巻《ま》かれた大小の荷が積まれている。荷物の積まれた船倉の一角に、二畳分ほどの隙間が空けられて、そこが又十郎と万寿栄の寝る場所になっていたのだと気付いた。

そこに、万寿栄の姿はない。

船倉の階段を上がって、甲板に出ると、西の空は赤く染まっている。

「もうすぐ、大島です」

通りかかった水主が、又十郎に声を掛けて舳先へと走って行った。

又十郎の眼に、右舷の船縁《ふなべり》に立っている万寿栄の影が見えた。

ゆっくりと歩を進めた又十郎は、万寿栄と並んだ。

「お目覚めでしたか」

「うん」

そういうと、近くに連なる山々に眼を向けた。

「その向こうに、富士のお山が」

万寿栄が指をさした彼方《かなた》に、夕日を背に受けて黒い影になっている富士山が見えた。

藩命を受けて、江戸へ向けて東海道を下る道すがら、初めて富士山を眼にしたときのことが思い出された。

藩命を帯びた身に、山を愛《め》でる余裕などなかった。

それから半年が経って、又十郎は、故国へと向かっている。

「お前に、言っておかねばならぬことがある」

又十郎は静かに切り出すと、懐《ふところ》に手を差し入れた。

「これは、数馬だ」

懐から数馬の遺髪を取り出して見せた。

万寿栄の眼は、又十郎の手に握られた遺髪にじっと注がれた。

「わたしが、数馬を斬った」

打ち明けた又十郎の声が、少し掠れた。

万寿栄は依然、遺髪を見ている。

数馬と刀を交えた夜のことを、大まかに打ち明けた。

黙って聞いていた万寿栄が、大きく息を吐くと、

「数馬は、又十郎様に討たれて、本望だと申したのではありませんか」

ゆったりとした声で問いかけた。

「あぁ」

死ぬ間際、数馬がそのような言葉を残したのを微《かす》かに覚えている。

「数馬は、心底、又十郎様を敬愛していましたから」

万寿栄は手を伸ばして、又十郎の手の遺髪を摑んだ。

「これは、国の父や母には見せぬことにいたしましょう」

「よいのか」

「そのほうが、いいのです」

そういうと、万寿栄は遺髪を海に落とした。

二人は、遺髪が落ちた辺りをいつまでも見詰めた。

又十郎の中で張り詰めていたものが、ゆっくりと溶けて行くような気がした。

「国へ戻ってからのことだが」

「それは、帰ってからのことにしませんか」

万寿栄は、又十郎の言葉を遮って小さく笑いかけると、夕焼けの空に眼を向けた。

又十郎は、もう、武士として生きなくともよいのではないかとも思い始めていた。

包丁の腕を生かして、浜岡の町の片隅で、こぢんまりとした料理屋を始めてもよいのではないか。

万寿栄には、余技だった染め物が売れるようになっていたから、ちゃんとした工房を用意してやってもいい。

作右衛門からもらった厚意の金の残りは、そのために使おう。

小さく笑みを湛《たた》えた万寿栄の横顔は西日の色に映えて神々しく、又十郎は言葉を飲み込んでしまった。

武士を捨てる話は、浜岡に着いてから持ち掛けることにしよう。

万寿栄は恐らく、反対はするまい。

小学館文庫、
好評既刊

脱藩さむらい

金子成人

ISBN978-4-09-406555-8

香坂又十郎は、石見国、浜岡藩城下に妻の万寿栄と暮らしている。奉行所の町廻り同心頭であり、斬首刑の執行も行っていた。浜岡藩は、海に恵まれた土地である。漁師の勘吉と釣りに出かけた又十郎は、外海の岩場で脇腹に刺し傷のある水主の死体を見つける。浜で検分を行っていると、組目付頭の滝井伝七郎が突然現れ、死体を持ち去ってしまった。義弟の兵藤数馬によると、死んだ水主の正体は公儀の密偵だという。後日、城内に呼ばれた又十郎は、謀反を企んで出奔した藩士を討ち取るよう命じられる。その藩士の名は兵藤数馬であった。大河時代小説シリーズ第一弾！

小学館文庫
好評既刊

脱藩さむらい
蜜柑の櫛

金子成人

ISBN978-4-09-406606-7

石見国浜岡藩奉行所の同心頭・香坂又十郎と妻・万寿栄の平穏な暮らしは、ある日を境に一変した。万寿栄の弟で勘定役の兵藤数馬が藩政の実権を握る一派の不正を暴くべく脱藩したのだ。藩命抗しえず、義弟を討った又十郎だが、それで、お役御免とはいかなかった。江戸屋敷の目付・嶋尾久作は又十郎を脱藩者と見なし、浜岡藩が表に出せない汚れ仕事を押し付けてくる。このままでは義弟が浮かばれない。数馬が最期に呟いた、下屋敷お蔵方の覚道三郎とは何者なのか。又十郎の孤独な闘いが続く。付添い屋・六平太シリーズの著者の新境地！大河時代小説シリーズ第二弾。

小学館文庫
好評既刊

勘定侍 柳生真剣勝負〈一〉
召喚

上田秀人

ISBN978-4-09-406743-9

大坂一と言われる唐物問屋淡海《おうみ》屋の孫・一夜は、突然現れた柳生家の者に御家を救えと、無理やり召し出された。ことは、惣目付《そうめつけ》の柳生宗矩《むねのり》が老中・堀田加賀守《かがのかみ》より伝えられた、四千石の加増にはじまる。本禄と合わせて一万石、晴れて大名となった柳生家。が、大名を監察する惣目付が大名になっては都合が悪い。案の定、宗矩は即刻役目を解かれ、監察される側に立たされてしまう。惣目付時代に買った恨みから、難癖をつけられぬよう宗矩が考えた秘策が一夜だったのだ。しかしなぜ召し出すのが商人なのか？　廻国中の十兵衛も呼び戻されて。風雲急を告げる第一弾！

小学館文庫
好評既刊

付添い屋・六平太
龍の巻 留め女

金子成人

ISBN978-4-09-406057-7

時は江戸・文政年間。秋月六平太は、信州十河藩の供番（籠を守るボディガード）を勤めていたが、十年前、藩の権力抗争に巻き込まれ、お役御免となり浪人となった。いまは裕福な商家の子女の芝居見物や行楽の付添い屋をして糊口をしのぐ日々だ。血のつながらない妹・佐和は、六平太の再士官を夢見て、浅草元鳥越の自宅を守りながら、裁縫仕事で家計を支えている。相惚れで髪結いのおりきが住む音羽と元鳥越を行き来する六平太だが、付添い先で出会う武家の横暴や女を食い物にする悪党は許さない。立身流兵法が一閃、江戸の悪を斬る。時代劇の超大物脚本家、小説デビュー！

小学館文庫
好評既刊

付添い屋・六平太
虎の巻 あやかし娘

金子成人

ISBN978-4-09-406058-4

十一代将軍・家斉の治世も四十年続き、世の中の綱紀は乱れていた。浪人・秋月六平太は、裕福な商家の子女の花見や芝居見物に同行し、案内と警護を担う付添い屋で身を立てている。外出にかこつけて男との密会を繰り返すような、わがままな放題の娘たちのお守りに明け暮れる日々だ。血のつながらない妹・佐和をやっとのことで嫁に出したものの、ここのところ様子がおかしい。さらに、元許嫁の夫にあらぬ疑いをかけられて迷惑だ。降りかかる火の粉は、立身流兵法達人の腕と世渡りで振り払わねば仕方ない。日本一の人情時代劇、第二弾にして早くもクライマックス！

――本書のプロフィール――

本書は、小学館のために書き下ろされた作品です。

小学館文庫

脱藩《だっぱん》さむらい　切《き》り花《ばな》

著者　金子成人《かねこなりと》

二〇二〇年六月十日　初版第一刷発行

発行人　飯田昌宏
発行所　株式会社 小学館
〒一〇一-八〇〇一
東京都千代田区一ツ橋二-三-一
電話　編集〇三-三二三〇-五九五九
販売〇三-五二八一-三五五五
印刷所――中央精版印刷株式会社

この文庫の詳しい内容はインターネットで24時間ご覧になれます。
小学館公式ホームページ　https://www.shogakukan.co.jp

ISBN978-4-09-406784-2